Heidi Merkel

# Alles im Griff

Roman

**Über dieses Buch:** Sigi, Mitte vierzig, steckt fest. Ehemann, Arbeit, Drumherum, alles ein wenig – Dings. Sie muss was ändern. Herausfinden, was sie will und wer sie ist, außer dieser Ehehälfte, deren Sätze häufig mit „wir" beginnen, weil sie nicht mehr weiß, wo sie anfängt und der Gatte aufhört. Oder muss sie sich überhaupt ganz neu erfinden, ehe sie fünfzig ist und alles zu spät? Und wenn ja, wie macht man das? Einen Hund anschaffen wäre ein möglicher erster Schritt?
Na dann – viel Spaß!

**Heidi Merkel**, geboren 1949 in Salzburg, lebt im Berchtesgadener Land. Sie schreibt Romane, Kurzgeschichten und Satiren. „Alles im Griff" ist ihr erster veröffentlichter Roman.

**1. Auflage:** September 2016

**ISBN:** 9-783741-271236

© **für diese Ausgabe:** Heidi Merkel

**Satz, Umschlag:** Nadine Englhart, LaTeX, KomaScript und Inkscape

**Umschlagbild:** „alles im Griff" von Brigitte Oberndorfer

**Schriften:** HandyGeorge (außen), Linux Libertine (innen)

**Herstellung und Verlag:** Books on Demand GmbH, Norderstedt

**Bibliographische Information der dnb:**
Die Deutsche Nationalbibliothek verzeichnet diese Publikation in der Deutschen Nationalbibliographie; detaillierte bibliographische Daten sind auf http://www.dnb.de/ abrufbar.

# INHALTSVERZEICHNIS

**Kapitel 1**
DIE LÖSUNG:
VIER PFOTEN FÜR EIN HALLELUJA ..... 11
Tolle Idee plus keine Ahnung ist gleich niedliches Problem. Inklusive Wartezeiten, Arbeitszeiten und Auszeiten. Von Schlaf- und Essenszeiten gar nicht zu reden. Stellt sich die Frage: eine Hühnersuppe hätte es wohl nicht getan?

**Kapitel 2**
PROGRAMMÄNDERUNG:
DER WIDERSPENSTIGEN ZÄHMUNG .... 33
Die einen haben einen Stundenplan oder einen Lebensplan, die anderen einen Fahrplan und die ganz anderen einen Bauplan. Doch schon Brecht – oder war es Precht? – sagte: ja, mach nur einen Plan!

**Kapitel 3**
IM LACHKABINETT:
AUF HOCHGLANZ POLIERTE TAGE .... 63
Buntes Treiben und schönes Wetter halten nicht ewig an. Sigi fängt sich atmosphärische Störungen ein, die Hunde sind regenvergnügt und Hans-Erich duftet nach Erfolg.

**Kapitel 4**
SUMMERTIMEBLUES:
DURCH DICK UND DÜNN .......... 85
Sigi führt Anwesenheitslisten und überlegt, ob sie der „Frauenliga gegen Wiederholungen" beitreten oder doch nur: heile, heile, Gänschen, singen soll.

**Kapitel 5**
>ROLLENVERTEILUNG:
>NEUER WEIN + ALTE LIEBE . . . . . . . . . . 107
>Pinguine tragen Frack + Steine, Ehemänner tragen Gepäck + Verantwortung, Herzdamen Brillantohrringe von Wempe + sonst nichts, manchmal.

**Kapitel 6**
>IDENTITÄTSFINDUNG:
>DIE WASCHMASCHINE HEISST BERTA . . . 129
>Ein Top-Dog, den man besser im Hotel liegengelassen hätte, entwickelt sich zum Rosenkavalier. Sigi entdeckt ihren Starr-Sinn und entschließt sich zu einem Seminar, bei dem alle Dings, na, Gefühle, einen Namen bekommen.

**Kapitel 7**
>CRASHKURS: ALLEM ANFANG
>WOHNT EIN ZAUDERN INNE . . . . . . . . 155
>Die beiden Bs haben Flöhe, Sigi badet sie und Hans-Erich hört sie husten. Das kommt ihm spanisch vor.

**Kapitel 8**
>DER KNALLER:
>MUTTERTAG MIT FLOWERPOWER . . . . . 177
>Sigis Trefferquote steigt proportional zur Dauer des Durchblickerlehrgangs. Es werden Entscheidungen getroffen, sowie das höhere Selbst und innere Künstler; Erkenntnisse treffen ein und neue Familienmitglieder. Haupt-Sache, die Frisur hält.

**Kapitel 9**
> NEUIGKEITEN: LERNPROGRAMM ...... 193
> Hans-Erich lernt die Funktionsweise eines Küchengerätes kennen, Baci und Bella neue Stimulanzien, Sigi den Schneewalzer mit Hüftschwung und weibliche Scanner-Programme.

**Kapitel 10**
> DAS PROBLEM:
> GEWÜNSCHT UND BEKOMMEN ...... 215
> Weihnachten ist da, die Schwiegermu oder ein boshaftes Grinskistchen ist schuld an der Bescherung. Hans-Erich kennt einen hungrigen Anlageberater. Sigi setzt ihm was vor, bis er alle Glocken läuten hört. Ob das im Neuen Jahr besser wird?

# Kapitel 1

## DIE LÖSUNG:
## VIER PFOTEN FÜR EIN HALLELUJA

Tolle Idee plus keine Ahnung ist gleich niedliches Problem. Inklusive Wartezeiten, Arbeitszeiten und Auszeiten. Von Schlaf- und Essenszeiten gar nicht zu reden. Stellt sich die Frage: eine Hühnersuppe hätte es wohl nicht getan?

Die ersten Januartage hatten sich wettermäßig recht unentschlossen gezeigt, zuerst Winter mit Schnee und Frost, dann etwas wärmere Temperaturen und Regen, vielleicht schon ein kleiner Ausblick auf den Frühling, dann doch wieder ein Rückzieher, nein, wir haben noch Winter, also wieder Graupel und Frost.

Der Gehsteig und die Feuerwehrzufahrt waren fleckenweise aper und fleckenweise eisig glatt, wobei auf den blank glänzenden Stellen der sorgsam vom Hausmeister gestreute Rollsplitt als zusätzliche Rutschhilfe lauerte, vorzugsweise auf Schuhwerk mit Ledersohlen und hohen Absätzen, wie es Sigi heute trug.

Dieser nächtliche Vierzehn-Meter-Höllen-Fußmarsch vom Taxi bis zum Hauseingang kam völlig unvorhergesehen.

Die Planung war gewesen: Wohnung – Tiefgarage – Auto, Hoteltiefgarage – Restaurant, Abendessen mit Freundin, und Rückabwicklung: Tiefgarage – Auto, Tiefgarage – und trockenen Fußes wieder daheim.

Doch da war ihr in der angeregt-aufgeregten Plauderei mit Paula dieser aufmerksame Ober, der ständig Rotwein nachschenkte, dazwischen gekommen. Nun stand ihr Mini trockenen Fußes in der Tiefgarage des Hyatt-Hotels und sie auf halbem Weg zur Haustür am mittleren der drei Absperrpfosten, die die Feuerwehrzufahrt zu dem gepflegten Wohnanlagenbereich autofrei hielten.

„Ärgerlich, dass ich morgen wieder zurückfliegen muss", hatte ihre Freundin Paula beim Verabschieden zu ihr gesagt, „das gefällt mir gar nicht. – Und du gefällst mir auch nicht, Sigi Rehberg! Du wirst dir doch keine Midlife-Crisis zuziehen!"

Darüber hatten sie beide dann gemeinsam recht herzlich gelacht.

Ja, wirklich schade, dass die Freundin nicht mehr in München wohnte, sondern im hintersten Winkel von Sizilien, und nur dann und wann nach ihrem vermieteten Haus in Schwabing schaute oder wie diesmal, kurz kam, um die Vernissage ihrer neuesten Gemälde in einer Münchener Top-Galerie zu besprechen.

Aber wie kam Paula auf die Idee, sie könnte eine Krise haben? Weil sie erste Ausläufer des Klimakteriums spürte und sich dann und wann mit der Serviette Luft zugefächelt hatte? Oder weil sie ein paar Worte über die Umstellungen in der Arbeit verloren hatte? Firmenphilosophie, lächerlich bei einem Viereinhalb-Leute-Betrieb! Oder weil ihre Antwort auf die Frage, wie es Hans-Erich denn so ginge, mit „na ja ..." angefangen hatte?

Wie dem auch sei, Sigi hielt die Midlife-Crisis für eine erfolgreiche Propaganda der Pharmakonzerne, Sportwagenhersteller und Esoteriker, die dem männlichen Teil der Weltbevölkerung eine Art Phantomschmerz eingeredet hatten, als Ersatz für die Wechseljahre. Als Trostpflaster quasi, weil sie oft genug beitragsfrei mit gelangweilten Gesichtern auf Partys herumstehen mussten, während sich die Ladies mit Hitzewallungen, Schlaflosigkeit und nächtlichen Schweißausbrüchen gegenseitig überbieten konnten.

Die armen Kerle hatten ja nichts dergleichen vorzuweisen. Das Sportcoupé konnten sie nicht mit rein bringen, und die neue Freundin auch nicht. Obwohl diese durch die Tür gepasst hätte.

*Ich, ausgerechnet ich und Midlife-Crisis, das ist doch absurd,* dachte sich Sigi, und gleichzeitig, weil sie fast ausgerutscht wäre, *ich sollte lieber aufpassen, wo ich hintrete, sonst legt es mich flach – und wenn schon Midlife-Crisis, wieso sollte ich sie haben und nicht Hans-Erich? Er ist vier Jahre älter, bereits über fünfzig, und außerdem männlich, sprich: hundert Prozent Zielgruppe!* Sie wischte diese Überlegungen beiseite und konzentrierte sich auf die nächsten Schritte.

Da bog der Herr Traxenberger, der weiter hinten in der Wohnanlage auf C wohnte, um die Ecke.

Bog ist nicht präzise.

Zuerst war ein Salz & Pfeffer-Schnauzer zu sehen, eine Leine, eine Hand, dann ruckte eine dick vermummte Gestalt mit Hut kurz in den Lampenschein und gleich darauf wieder zurück in den Schatten hinter der Hausecke.

„Guten Abend Frau Rehberg, gut, dass ich Sie treffe, ich muss Ihnen was erzählen!"

„Hallo, Herr Traxenberger, hallo, Hexi, hallo, Nando." Sigi hielt sich mit einer Hand an einem der Poller fest und tätschelte mit der anderen das Hundeköpfchen, das sich inzwischen erfolgreich bis zu ihr vorwärts geruckelt hatte. Der zweite Hund tauchte auf, wollte ebenfalls getätschelt werden. Am Ende der beiden Leinen hing der Herr Traxenberger, der versuchte, einen Moment ruhig und stabil stehen zu bleiben: „Sie wollen sich doch wieder einen Hund anschaffen, haben Sie gesagt, ich wüsste da was für Sie."

Hexi zog nach rechts zum kleinen Ahornbaum, Nando wollte auf die andere Seite der Einfahrt ins Gebüsch, der Oberkörper des Herrn Traxenberger ruckzuckte mit weit ausgebreiteten Armen rechts-links.

Sigi grinste, wie immer, wenn ihr das Trio begegnete. Sie hatte da so eine Vision im Kopf: der Traxenberger als Oberammergauer Zweitbesetzung am Kreuz. Wenn man sich die beiden Hundeleinen wegdachte, müsste er sich nur noch einen Bart stehen lassen.

Sie gluckste und hüstelte, was der Herr Traxenberger als Zustimmung deutete: „Beim Friseur von meiner Frau ist die Hündin trächtig, eine Pekinesin, von einem Pudel, in zirka zwei Wochen wird es soweit sein, wenn Sie wollen..."

Er redete weiter, Sigi hörte Pekinese, Pudel, und dachte: *ja supersüß, die würden ja richtig putzig werden,* dachte gleichzeitig an ihr Zwergerl, der Rauhaardackel, der im vergangenen Jahr im Mai gestorben war. Sie seufzte tief, und – hicks. Schluckauf. Die kalte Winterluft, natürlich.

„... sag ich Ihnen Bescheid." Traxenberger und Gefolge hatten sie inzwischen erfolgreich umschifft und verschwanden in der Dunkelheit der Nacht, während sie sich schrittweise dem Haustor annäherte.

Lift, dritter Stock, Etagentür, Wohnungstür.

Und bereits beim zweiten Anlauf passte der Schlüssel ins Schloss.

Kein Licht, kein Fernseher mehr an.

„Hallo Schatz, schläfst du schon?" Sie rief in Richtung Schlafzimmer, na, rief – die wärmere Luft hatte den Schluckauf verstärkt, und mehrere Hicks hatten ihren Satz zerhackt.

Nochmal, ganz konzentriert und ganz laut: „Hallo Schahatz..."

Ein Knurren kam aus dem Schlafzimmer: „Weißtduwiespät!!!"

Reflexartig schaute Sigi auf die Armbanduhr. Ja, gleich elf, doch darauf konnte sie jetzt keine Rücksicht nehmen.

„Ich hab den Traxenberger grad troffen", es ging schon besser, fast schon wieder in ganzen Sätzen; sie hängte den Mantel in den Garderobenschrank, schälte sich aus dem Schal „und, stell dir vor, higgs, da kriegen welche Junge, da, da will ich einen."

Der Schatz tauchte verknittert in der Schlafzimmertür auf und sah, wie seine Frau auf dem linken Bein stand und wackelte, während sie am rechten Stiefel zerrte.

„Hoppala", er kam ihr zu Hilfe.

Sie schwatzte, wackelte, hickste weiter, ihre Aussprache war etwas verwischt. Er verstand Bahnhof, zog ihr den zweiten Stiefel aus und verstaute das Schuhwerk. Sigi sagte: "Pudel, Pekinese", da machte es „klick" bei ihm.

„Junge Hunde meinst, ach so. Ich denk, der Teufel was, dabei geht es nur um junge Hunde."

Er wollte wieder ins Bett.

Sie folgte ihm: „Was heißt hier nur. Das werden genau die richtigen, genau so einen will ich, einen Pudelpekinesen. – Du kannst doch jetzt nicht schlafen gehen, der Traxenberger", der Schluckauf war weg, „der Traxenberger sagt, in zwei Wochen kommt der Wurf."

„Gut, in zwei Wochen also. In der Zwischenzeit leg ich mich noch ein bisserl hin." Er setzte sich auf die Matratze, ging in Seitenlage und verschwand unter der Bettdecke.

Ignorant!

Jetzt schlafen? Unmöglich.

Sie ging in die Küche, befüllte den Wasserkocher, holte eine Ingwerwurzel aus dem Kühlschrank und schnitt drei Scheibchen ab, die sie in eine große Tasse gab. Heißes Ingwerwasser mit Honig hilft gegen fast alles, gegen Kratzen im Hals, schlechtes Karma, Mieselsucht und kalte Füße.

Die Vorstellung, vielleicht bald wieder einen Hund zu haben, legte sich wie ein weicher Schal um ihre Gedanken.

Ihr Blick fiel aus dem Fenster, während sie darauf wartete, dass sich das Wasser erwärmte. Der Mond war zu drei Vierteln voll, der Schnee auf den Dächern und den großzügig angelegten Freiflächen zwischen den Häusern der Wohnanlage schimmerte und glitzerte, als seien alle Oberflächen mit facettierten Kristallen bestreut. Es war ganz still, fast feierlich, draußen und auch herinnen.

*****

Eine tatsächlich vergangene Zeitspanne und die gefühlt vergangene Zeit kann sehr unterschiedlich sein.

Zwischen der Ankündigung des Wurfes durch Herrn Traxenberger und der tatsächlichen Geburt – es sind fünf Welpen, zwei männlich und drei weiblich, und ja, sie könne sich einen davon aussuchen – waren vierzehn Tage und zwei Telefonate vergangen, und dem Moment, als Sigi und Hans-Erich die Treppen in den ersten Stock hinaufstiegen und bei „Pfister/Zaglham" läuteten, haben sich weitere zwei Wochen und ungezählte Telefonate ziemlich zäh dahingezogen, wie das halt so ist, wenn man auf etwas wartet.

Oder war es gar nicht das Warten. Lag es vielmehr daran, dass Sigi nicht mehr so richtig gern zur Arbeit ging, seit das Leihhaus im vorigen Herbst den Besitzer gewechselt hatte?

Dr. Fischer hatte verkauft, und der neue Chef, Herr von Leipolt, führte das Leihhaus nach ganz anderen Kriterien. Er wandelte es nach und nach in ein Auktionshaus um. Wertige Gegenstände, Schmuck oder Kunst, wurden nach Möglichkeit aufgekauft, nachdem man den Einlieferer damit konfrontiert hatte, dass die Wertvorstellungen von Verkäufer und Käufer gerade bei Auktionen extrem weit auseinanderlägen, dass es derzeit ein Überangebot auf dem Markt gibt.

„Wie schade, momentan sind diese Genre-Bilder / Art Deko-Schmuck / Gründerzeitmöbel etc. leider überhaupt nicht gefragt; vor fünf Jahren noch hätte man Höchstpreise dafür bekommen, aber jetzt, ja, leider, sehr sehr schwigrig an den Mann oder die Frau zu bringen. Wollen Sie das wirklich riskieren, dass dieses Stück in der Auktion keinen Preis erzielt, oder wollen Sie es lieber an uns verkaufen? Wir machen Ihnen einen marktgerechten Preis."

Viele verkauften.

Manche überließen das Exponat erst einmal in Kommission, und, wenn es nach zwei, drei Monaten keinen Liebhaber zum Wunschpreis gefunden hatte, verkauften die Besitzer doch.

Wer Geld braucht, hat meist nicht viel Zeit zum Pokern. Oder der Kunstgegenstand landete in der nächsten Auktion, mit einem niedrigen Rufpreis, wurde daraufhin meist recht günstig zugeschlagen. Manches tauchte nach einer angemessenen Zeitspanne im internationalen Auktionsmarkt wieder auf und brachte, oh Wunder, oft eine stolze Summe. Was die Vorbesitzer zum Glück selten erfuhren.

Beliehen wurden jedenfalls nur noch die Einlieferungen der ganz Hartnäckigen, bis zu jenem Umsatz-Prozentanteil, zu dem das Leihhaus gesetzlich verpflichtet war, um seinen steuerlich begünstigten Status behalten zu können.

Sigi musste jetzt viele frühere Stammkunden, die nur kurzfristig Geld gebraucht hätten, mit ihren Schätzen wegschicken, weil mit dem Leihgeschäft laut Herrn von Leipolt zu wenig zu verdienen ist. Dr. Fischer hatte mit dem Beleihen auch nicht das große Geld verdient, sich aber den Luxus gegönnt, so manchem „alten Bekannten" aus dem Viertel Gegenstände zu beleihen, die ein weniger nachsichtiger Geschäftsmann höchstens noch in die Mülltonne gekloppt hätte. Und Sigi hatte ihre Arbeit gern gemacht.

Jetzt verbrachte sie ihre zweiundzwanzig Wochenstunden zwischen Einlieferungsschalter und Lagerraum, ihre Aufgabe nebst dem Leute abwimmeln war das Nummerieren und Katalogisieren für die Internet-Auktionen und für die Buchführung. Ihre früheren Aufgaben, das Recherchieren von Signaturen, das Abgleichen und Zuordnen der Exponate mittels Fachliteratur und Archiv hatte Herr von Leipolt selber in die Hand genommen, und zu Sammlungsankäufen nahm er entweder seine Frau oder Sigis Kollegin mit. Das Betriebsklima war nicht mehr freundschaftlich-kollegial, es regierten die ausgefahrenen Ellenbogen und die Devise: die meisten Leute haben keine Ahnung davon, was sich wie verkaufen lässt und das kann gern so bleiben.

Sigi gefiel diese Haltung ganz und gar nicht. Das Leihhaus Dr. Fischer hatte sich im Laufe von fast fünfzig Jahren den Ruf aufgebaut, seriös, fair und kompetent zu sein. Dieser Ruf hing in Form des alten Firmenschildes immer noch über dem Eingang, doch drinnen war davon nichts mehr zu spüren.

Als sie Hans-Erich das erste Mal davon erzählte hatte, empört und aufgebracht, hatte dieser lediglich mit den Achseln gezuckt und lapidar gemeint: „Was willst, er führt eine Firma, hat sein Geld da reingesteckt und will nicht umsonst arbeiten, das ist normal." Das war nicht die Antwort gewesen, die sie gerne gehört hätte, und somit war das Thema Leihhaus und Neuausrichtung der Firmeninteressen zwischen ihnen gestorben.

Auch das umfangreiche Archiv mit Glas- und Porzellanmarken, mit Fotos, Preislisten und Zuordnungen, das Sigi über die vielen Jahre angelegt, digitalisiert und immer wieder aktualisiert hatte und das bisher jedem Sammler, der sich angemeldet hatte, in Teilen unentgeltlich zur Verfügung gestanden hatte, war jetzt gesperrt und nur noch gegen einen saftigen Mitgliederbeitrag zu nutzen. Und seit kurzem hatte auch sie keinen Zugang mehr zum Archiv auf dem Firmencomputer. Doch sie hatte immer, mit Dr. Fischers Wissen, alle Rechercheergebnisse auf Disketten, CDs und USB-Sticks gespeichert und mit nach Hause genommen, ein paralleles Archiv angelegt. Sie war der Meinung, dass dieses gesamte Archiv eigentlich ihr gehörte, ebenso wie alle Fachliteratur, die sie von Dr. Fischer Jahr für Jahr zu allen möglichen Anlässen geschenkt bekommen hatte. Die zum Glück größtenteils mit Widmungen versehen war, sodass wenigstens der Anspruch darauf außer Zweifel war.

Die Arbeitstage zogen unerfreulich und öd dahin, Sigi wusste nicht so genau, wie sie die letzten vier Wochen verbracht hatte.

Hans-Erich schon. Wohl, wohl.

Sie hatte ihn rasend gemacht mit ihren Spekulationen, wie die Welpen wohl, wann die Geburt, ob sie wohl gesund, und wie sie wohl aussähen und ob sie wohl einen kriegten.
Vielmehr eine.
Sigi hatte sich mit sich auf ein Weibchen geeinigt.
Hans-Erichs Rolle war auf aktives Zuhören beschränkt gewesen, allabendlich, bis er sich, auch allabendlich, relativ früh mit einem Buch ins Bett gelegt hatte.
Fernsehen war nicht möglich gewesen die letzten vier Wochen, und sonst auch nichts. Sie habe ihre Klappe nicht eine Minute gehalten, hätte er gesagt, hätte ihn jemand danach gefragt.
Jetzt jedenfalls war die Wartezeit vorbei und sie konnten sich endlich die Hunde anschauen.
Die Türe öffnete ein großer blonder, bis zu den Haarwurzeln gleichmäßig gebräunter Mann, einen schwarzen dicklichen Pudel neben sich, „ich bin Pierre und das ist Taigan, der Papaah", er schüttelte ihre Hand, „freut mich."
Sigi freute sich ebenfalls, ganz kurz. Sie wollte jetzt nur eines: die jungen Hunde sehen!
Durch die vielen Telefonate wusste sie natürlich schon, dass Frau Traxenbergers Friseure, pardon, Beauty & Hair-Stylisten, namens Pierre und Waldo ein homosexuelles Paar waren.
Während Hans-Erich Begrüßung und Smalltalk erledigte, war sie einer Stimme aus dem Inneren der Wohnung gefolgt: geradeaus und hinten rechts die letzte Türe.
„Waldo", ein etwas fülliger Mann mit pechschwarzen Haaren und milchkaffeebraunem Teint reichte ihr kurz eine weiche Hand, „und das ist die Püppi, sie gehört Pierre", er wies auf die Pekinesin, die sich in der Wurfkiste aufgerichtet hatte.
Und da waren sie endlich!
Fünf kleine Wollknäuel, eines schwarzweiß gescheckt, drei schwarz und ein ganz winziges, hellbraunes Knäuel, alle mit

vier Beinchen und all den weiteren Zutaten, die des Hundeliebhabers Herz so erfreuen!

Stumm stand Sigi vor der Wurfkiste und betrachtete die plüschigen Wunderwesen.

Ein schwarzes Wunderknäuel tapste zum Kistenausgang, verwurschtelte seine Beinchen und fiel um.

Es hatte auf der Brust einen weißen Fleck. Entzückt quietschte Sigi auf.

„Das ist ein Weibchen, die ist noch zu haben. Willst du sie mal halten?"

Waldo ging neben ihr in die Hocke, hob das kleine bisschen Hund auf und legte es ihr in die zum Nest geformten Hände. Winzig, seidenweich, mit deutlich fühlbarem Herzschlag. Sie steckte die Nase in das Fell.

Ihr Hund. Das war ihr Hund.

Sie spürte das warme, pulsierende Bündel in ihren Händen, spürte ihre eigene Wärme, vom Bauch ausgehend, am ganzen Körper.

Ihr Hund. Sie war selig, überwältigt, förmlich vom Blitzschlag getroffen – nein, nicht ganz, den Blitz hatte Hans-Erich verursacht, er hatte sie fotografiert.

Sie setzte sich an den Küchentisch.

Pierre bot ihr Kaffee an, bediente sie mit Milch und Zucker, rührte für sie um und führte ihr die Tasse zum Mund, weil sie keine Hand frei hatte.

Er erzählte von der Geburt, wie tapfer seine kleine Püppi gewesen war. Die ersten vier hatte sie ganz alleine auf die Welt gebracht, nur beim Gebären des Winzlings, der Kleinsten, die zum Schluss kam, da hatten sie mithelfen müssen.

Waldo kniete neben der Wurfkiste, beruhigte murmelnd die Mamaah und ihre Kleinen, streichelte seinen Pudel, während Pierre erzählerisch zurückgeschweift war in die pränatale

Zeit, zurück bis zu einem Autobahn-Rasthof zwischen Nürnberg und Würzburg.

Hier machte er eine betonte Pause. So lange, bis Waldo die Stille nicht mehr ignorieren konnte und zu ihnen herschaute.

„Und was passiert, während wir nur rasch einen Happen essen gehen und die Hunde im Auto lassen?"

Wieder eine Pause, Pierre funkelte Waldo zornig an.

Das Viertelstündchen hatte dieser schwarzgelockte Pudel-Wüstling dazu genutzt, auf dem engen Porscherücksitz über Pierres zierliches Pekinesenpüppi herzufallen. Dabei war die Püppi gar nicht läufig gewesen, na ja, so richtig jedenfalls nicht!

Waldo funkelte zurück, sie sei wohl doch läufig gewesen, sonst wäre ja nichts passiert!

Was lief hier für ein Film? Hollywood proudly presents: dein Hund, mein Hund, unsere Hunde – die Stellvertreter, ein Rosenkrieg auf vier Beinen?

Die Pekinesin wurde der ruchlosen Verführung beschuldigt, der Pudel der hemmungslosen Gier „der würde über jede herfallen!"

„Niemals, nicht mal im Traum, dazu ist er viel zu wählerisch! Das war sein einzigstes Mal, das allereinzigste Mal!", Waldo schnaubte, „und! Was hat er jetzt davon?"

Ja, was?

Aufmerksam schauten Sigi und Hans-Erich von Waldo zu Pierre und zum Pudel.

Pierre machte eine Handbewegung, als würde er mit zwei Fingern etwas abschneiden, sagte übertrieben affektiert: „Schnipp, schnapp!"

Oh Shit, keine Klicker mehr!

Waldo strich sich eine schwarze Locke aus der Stirn und warf den Kopf in den Nacken. Offensichtlich fühlte er sich ein wenig mitkastriert.

Sigi versteckte ihr Grinsen, bot Hans-Erich den Winzling an, den sie immer noch hielt: „Willst du sie auch mal halten?" Er wollte.

Das kleine Bündel fand Platz auf seiner rechten Handfläche, maunzte kurz, und ohne weitere Laute oder Gesten hatte sie den ganzen Hundert-Kilo-Mann für ihr Hundeleben lang erobert.

„Die wollen wir haben, das ist unsere Baci", sagte Sigi.

Zustimmung von allen Seiten, zum Habenwollen und zum Namen: Baci, nein wie lieb, wie originell, wie einfallsreich, wie liebe-voll, Baci, von Bacio, dem Kuss.

Sigi lächelte geschmeichelt.

Nach dem Beschluss, dass ihr Hund ein Weibchen sein sollte, hatte sie lange nach dem passenden Namen gesucht. In Knaurs Opernführer, im ersten und zweiten Teil der Schönsten Sagen des klassischen Altertums, im Stammbaum der Habsburgerkaiser – kein adäquater Name zu finden. Bis während eines Einkaufsbummels ihr Blick in einem italienischen Feinkostladen auf eine mattglänzende, hellblaue Konfektschachtel mit dem Aufdruck „Baci" gefallen war! Doch das würde für immer ihr süßes Geheimnis bleiben.

Alle waren total begeistert, außer Baci, die leise zu fiepen angefangen hatte. Sie wollte weg von der ungewohnten Situation, zurück in die Kiste, zum vertrauten Geruch des Rudels.

Hans-Erich setzte den frischgetauften Familienzuwachs zurück zu den Wurfgeschwistern.

Sie verabredeten die nächsten Besuche und Sigi ließ sich mehrfach versichern, dass sie beide, und niemand sonst auf der Welt, ihre Baci bekämen.

*****

Die nächsten Tage war Sigi sehr beschäftigt, im Nestbaustress. Jeden Nachmittag zog sie nach der Arbeit los, durchwühlte sämtliche Zoohandlungen im Umkreis von zwanzig Kilometern, bis sie ein weißes, weiches, geflochtenes Halsband mit passender Leine und ein weißlackiertes Rattankörbchen, das konvenierte, gefunden hatte.

Nein, kein schaumstoffgefülltes Einlagekissen, kein Plastik für meinen Hund!

Sie zerschnitt eine schurwollene Decke, entschied sich für einen Baumwollbezug, rot mit weißen Pünktchen, – das würde Bacis schwarze Schönheit vollendet unterstreichen – und nähte drei Lagen Schurwolle plus Bezugsstoff mit der Hand höchstpersönlich mühsam zusammen.

Sie wälzte Broschüren, um das optimale Futter auszuwählen und kaufte fünf, sechs Bücher über Hundeerziehung, die sie kurz durchblätterte. Lesen würde sie sie später, jetzt hatte sie keine Zeit und keine Ruhe für sowas.

Hans Erich ertrug ihre Aufgeregtheit mit einer Mischung aus Geduld und stillem Grollen. Wenn er abends nach Hause kam, wartete meist eine Fertigpizza oder Ravioli aus der Dose auf ihn, manchmal nur Wurst und Käse, weil seine treusorgende Gemahlin keine Zeit zum Zubereiten umfangreicherer Mahlzeiten aufwenden konnte, während sie sich mit dem schwierigen Thema der Belohnungen für das Wohlverhalten des Welpen auseinandersetzte. Oder ganz erschlagen war vom stundenlangen Absuchen der siebzig Quadratmeter großen Wohnung, gemessen ohne Dachterrasse, nach dem richtigen Platz für das Hundekörbchen. Ob ein Körbchen überhaupt reichte?

Er milderte seinen Heimkommfrust durch einen täglichen Einkehrschwung über den Stammtisch; leicht angedüselt, so mit zwei, drei leichten Weißbieren im Bauch, konnte er den komplizierten Monologen seiner Frau über das Für und Wider von Trocken- oder Nassfütterung besser folgen.

Beim dritten Baci-Besuch teilten ihnen Pierre und Waldo mit, dass sie überraschend eine Malerfirma gefunden hätten, die die Wohnung renovieren würde, die in zwei Wochen Kapazitäten frei hätte und kommen würde.

Handwerker?! In München?! Eine feste Zusage, mit Termin und Kostenvoranschlag?!

Sigi und Hans-Erich waren völlig baff.

Das hieß natürlich, dass die Welpen bereits im Alter von knapp acht Wochen in ihr jeweiliges neues Zuhause ziehen müssten. Aber das sei bereits geklärt, alle, die Baci doch auch, oder? alle würden rechtzeitig abgeholt. Bis auf das eine Weibchen, für das man noch keinen passenden Platz gefunden hatte.

Alle fünf Welpen hatten sich inzwischen prächtig entwickelt. Die zwei Rüden und Baci waren am kräftigsten, pummelig, kurzbeinig, mit großen runden Köpfen. Das allerkleinste Weibchen, ein champagnerfarbener Winzling, war keck, pfeilschnell und ein klein wenig hinterhältig. Sie wurde beim Spielen von den anderen häufig über den Haufen gerannt und revanchierte sich, indem sie von hinten in jede erreichbare Pfote zwickte.

Wenn Sigi und Hans-Erich kamen, trollte Baci, mit den anderen im Gefolge, fröhlich auf sie zu, ließ sich streicheln, verteilte großzügig nasse Bussis. Sie hatte ihre zwei Menschen fast beiläufig um ihre patschigen Pfötchen gewickelt.

Das dritte, mittelgroße Weibchen war als einzige hochbeinig und schmal, mit einem kurzen Schnäuzchen und langen, seidigen Haaren an der Rute. Sie tobte nur selten mit den anderen mit, verhielt sich eher distanziert gegenüber ihren Artgenossen und den Menschen.

Nur bei Sigi benahm sie sich anders. Lief ebenfalls sofort auf sie zu, warf sich auf den Rücken und bot den nackigen Bauch zum Streicheln.

„Die ist noch nicht vergeben, für die", Waldo deutete auf das stillsitzende Haarbündel mit den lackschwarzen Augen, die anbetend auf Sigi gerichtet waren, „hat sich noch keine Familie gefunden."

Was denn! Ausgerechnet die, die so ganz Besondere, ausgerechnet für die hatte sich noch immer keiner gefunden, der sie haben wollte? Ausgerechnet die, die so zurückhaltend und vorsichtig war, die einen nie abschlabberte, die einen mit der Nase zärtlich stupste.

Was sollte mit ihr geschehen? Ins Tierheim? Oder zu einem Rohling mit groben Händen, der ihr vielleicht weh tat?

Sigi schossen Tränen in die Augen. Nie! Niemals würde sie das zulassen!

„Ich will sie haben!"

Babylonisches Stimmengewirr.

Hans-Erich drückte Baci so fest an sich, dass sie quietschte, „Du spinnst wohl! Das ist die unsere, und basta!" Seine Augen blitzten wild im bärtigen Gesicht.

„Und ich will die!"

Sigi fühlte sich wie damals als Kind, als ihre Mutter nach dem Urlaub auf einem Bauernhof verboten hatte, das Kätzchen, das ihr die Bäuerin geschenkt hatte, mit nach Hause zu nehmen. Sie fühlte sich verzweifelt und traurig.

Aber sie war kein Kind mehr!

Entschlossen hielt sie Hans-Erichs Blicken stand.

Er merkte, wie ernst es ihr war und er sah, wie ihr eine Träne über den Lidrand schlüpfte.

Das ging nicht. Das war für ihn unerträglich.

Die Kleine saß zu Sigis Füßen, zierlich die Vorderbeinchen aneinander, das Köpfchen schräg, schaute hoch, zu ihr, zu ihm, schien zu wissen: es geht um Alles!

„Warum nicht beide?"

Pierre hatte die erlösenden Worte ausgesprochen.

Ja, beide! Natürlich beide!

„Wir sind verrückt!", sagte Hans-Erich.

„Natürlich sind wir verrückt!", Sigi nahm die Kleine hoch, versteckte ihr Gesicht im weichen Haar, „verrückt ist schön!" Sie schloss die Augen, ignorierte die Feuchtigkeit in der Nase und sog den Duft des warmen Felles ein.

Sie hatte ihr Kätzchen, ihren Hund.

„Außerdem macht das keinen großen Unterschied", redete sich Hans-Erich über seine Zweifel hinweg, „ob ein oder zwei Hunde, Gassi gehen muss man sowieso."

Während der Nachhausefahrt plante Sigi ihre weiteren Maßnahmen, anhand derer sie das eheliche Heim zu einer perfekten Wohnstatt für ihre zwei „Mädels" umfunktionieren würde. Baci-Körbchen hier, Baci-Schwester-Körbchen da, oder doch dort, oder daneben? Sigi höchstselbst wie gewohnt auf der Couch, die stehen bleiben sollte, wo sie stand, im Mittelpunkt zweier oder mehrerer Körbchen. Hans-Erich erfuhr keine Erwähnung in diesem Zusammenhang, so dass der Eindruck entstehen mochte, sein künftiger Status wäre der einer weiteren Duldung im Haushalt. Zumindest war aus den Planungen nichts Anderslautendes herauszuhören.

Während der Liftfahrt von der Tiefgarage in den dritten Stock wog Sigi nochmals ausführlich das Für und Wider des Einzugstermins ab: denn, an sich sollten Welpen erst im Alter von zwölf Wochen von der Mutter und den Wurfgeschwistern getrennt werden, das sei besser für die Entwicklung des Sozialverhaltens, aber, noch zwei, vier, sechs Wochen zu warten ... und, andererseits hätte ja jede eine Wurfschwester, an der sie sich sozial verhalten konnte ...

„Die haben die Maler in zwei Wochen und wir die Hunde, alles gut, oder!" Damit beendete Hans-Erich ihr geistiges Hin und Her.

Sie strahlte ihn an. Oh ja, das war gut so. In vierzehn Tagen hatten die die Maler und sie die Hunde! Sie freute sich, fühlte sich so richtig rund und harmonisch.

Der zweite Hund, die liebe Kleine. Und ihr HE, wie er ihr wieder die Welt ins Lot gebracht hatte!

Der Rest des Abends wurde auch rundum harmonisch.

Lediglich nachts, so gegen halb vier, als sie plötzlich hochfuhr, das Licht anknipste, ihn heftig schüttelte und laut rief: „Bella! Bella! Das ist es!", und er nur mit einem genervten Knurren darauf antwortete, erfuhr ihre innere liegende Acht eine winzige Delle.

*****

Die Märzsonne hatte die ersten Ahornblattspitzen herausgelockt, das Amselpärchen seinen Nistplatz vom Vorjahr auf Rehbergs Dachterrasse wiederbezogen und der Hausmeister die letzten Streukiesel aus Einfahrt und Gehsteig gefegt.

Ein emailblauer Tag bat zum großen Empfang.

Im Einkaufskorb, in eine Decke gewickelt, hatten Sigi und Hans-Erich ihre zwei neuen Familienmitglieder quer durch die halbe Stadt gefahren, in die Tiefgarage, mit dem Lift hoch in den dritten Stock.

Baci und Bella, immer eng beieinander, erkundeten vorsichtig die fremde Umgebung. Ledercouch, Tischbein, Teppich, alles wurde einer Prüfung unterzogen, nach Kriterien, die Sigi nur mutmaßen konnte. „Schau, Schatz, schau wie sie …".

Die Zweibeiner schauten, freudig, aufgeregt, die Vierbeiner schauten auch, schnuffelten, ebenso aufgeregt.

Aufregungen muss man begießen!

Baci hockelte sich hin, machte ein Pfützchen auf den Teppichboden.

Sigi lachte, holte fröhlich Eimer, Schwamm und Küchenrolle.

Bella beroch das Pfützchen, nahm die Pinkelhocke ein und machte auch eines.

Hans-Erich packte Bella beim Genick, wollte sie mit der Nase auf die Bescherung hinweisen.

„Bist du verrückt geworden!", Sigi schrie ihn an, er und die Hunde zuckten zusammen, aus seinem Nackengriff wurde ein betretenes Streicheln.

„Die wissen noch gar nicht, dass sie das nicht sollen, die müssen das erst noch lernen. Hättest einmal in ein Buch geschaut!"

Irritiert und fragend blickten alle drei zu ihr hin.

„Ja, aber wie …?" Hans Erich zuckte mit den Schultern. Wie auch immer. Sollte sie doch den Hunden das Buch zum Lesen geben.

„Mit Geduld, mein Lieber, mit Geduld und Liebe erzieht man einen Hund!"
Sie brachte die Putzutensilien zurück in die Küche.
Irgendeinen Beitrag wollte er aber auch leisten. Das mit den Namen vielleicht, das war ihm ohnehin ein Rätsel.
„Baci, komm her!"
Beide drehten das Köpfchen zu ihm, sahen ihn aufmerksam an.
Aha. Das hatte er sich gedacht. Die wussten nicht, wer wer war!
Das würde er ihnen beibringen, mit Geduld und Liebe.
„Baci, komm her!" Um der Aufforderung Nachdruck zu verleihen, klopfte er auf den Boden.
Scheiße, nass!
„Sigi, Siggiiiie! Kommst du mal!"
Sigi kam.
Sie war die einzige, die hier auf den Namen hörte und aufs Wort gehorchte.
Er ging ins Bad, sich die Hände waschen, sie ging in die Küche und holte ihr Eimerchen.
Später, nachdem die Hunde gefressen und ausgeschlafen hatten, legten sie den beiden mit großer Geste die Halsbänder an, Baci das weiße und Bella ein gelbes. Danach wurden sie farblich passend angeleint, die Zeremonie der vollständigen Inbesitznahme war hiermit abgeschlossen, die Hundebesitzer wollten aufbrechen zum ersten gemeinsamen Gassi.
Bella wollte nicht.
Sie setzte sich demonstrativ auf ihre vier Buchstaben und versuchte, das lästige Ding um den Hals abzustreifen. Baci hatte sich auch gesetzt, schaute Bella interessiert zu.
Die Hundehalter zupften und ruckelten unschlüssig an den Leinen, Sigi redete auf beide ein, „na, kommt schon, Gassi, Gassi."

Baci und Bella blieben wie angenagelt sitzen, schauten zu ihren elendlangen Zweibeinern hoch.

Sigi bückte sich, schob sanft an Bellas Hintern.

Bella wollte nicht angeschoben werden, fauchte und schnappte nach Sigis Finger.

„Hast des gsehen?! – Bella! So nicht!" Drohend hob sich Sigis Zeigefinger.

Hans-Erich nutzte die Gelegenheit zur Revanche: „Die weiß halt noch nicht, dass sie das nicht soll. Das muss sie vielleicht auch erst noch lernen. Steht das nicht in deinen schlauen Büchern?"

Ja, die schlauen Bücher.

Ratlos standen beide da, schauten sich an, schauten zu den Hunden, schauten sich um.

Da stand doch noch der Einkaufskorb in der Garderobe.

Der Korb?

Widerspruchslos ließen sich Baci und Bella Gassi tragen, fünfmal am Tag.

# Kapitel 2

## PROGRAMMÄNDERUNG: DER WIDERSPENSTIGEN ZÄHMUNG

Die einen haben einen Stundenplan oder einen Lebensplan, die anderen einen Fahrplan und die ganz anderen einen Bauplan. Doch schon Brecht – oder war es Precht? – sagte: ja, mach nur einen Plan!

Sigi cremte ihre roten rauen Hände sorgfältig ein, die Nagelbetten, die Fingernägel.
Eine einzige Katastrophe. Kurzgefeilt, eingerissen, splittrig, neuerdings sogar mit Längsrillen.
Das Lackieren hatte sie aufgegeben. Der Lack sah nach zwei Tagen an den Fingerspitzen abgefressen aus. Das war eindeutig unnützer Aufwand, dreimal die Woche zwei Schichten und ehe er richtig angetrocknet war, irgendein Vorfall, dem sie die Makellosigkeit der Lackschichten opfern musste.
Baci und Bella hatten ein Problem mit der Stubenreinheit. Oder vielmehr war es Sigis Problem. Die Teppichböden in Wohnzimmer und Flur hatte sie größtenteils mit dünner Plastikfolie bedeckt und Zeitungen darüber ausgelegt, was weder bei den Hunden noch bei Hans-Erich auf große Gegenliebe stieß.
Baci nahm die Pinkelhocke ein, Sigi packte sie rasch, setzte sie auf die Zeitung.
Das Rascheln, die Glätte des Papiers waren Baci suspekt, sie wieselte unter den Glastisch, zwischen die Zweier- und die Dreisitzercouch, und pieselte dorthin, auf den Teppichboden.
Resigniert holte Sigi Eimerchen, Schwamm und Küchenrolle.
Irgendetwas funktionierte nicht so, wie sie sich das vorgestellt hatte. In den Büchern stand, dass Hunde sehr schnell sauber werden, werden wollen, weil sie ihr Heim als erweitertes Nest ansehen und das Nest nur in höchster Not beschmutzten. Man müsse ihnen nur alle zwei, drei Stunden die Möglichkeit bieten ...
Sigi war inzwischen klar, weshalb die beiden braungesprühten Beautystylisten Pfister/Zaglham so darauf gedrängt hatten, dass die Welpen aus dem Haus kämen, von wegen Malerfirma!
Regelmäßig, viermal am Tag, wie jetzt eben auch, trug sie die zwei Bs nach jedem Schläfchen Gassi. Runter ins Parterre, aus

der Einfahrt, über die Straße, durch die Gerbergasse bis zur Wiese bei dem alten Bahndamm.

Dort setzte sie sie ins Gras, wo die beiden jedes Blümchen, Papierfetzchen, Hundehäufchen und manches für das menschliche Auge völlig unspektakuläre Fleckchen Erde ausgiebig berochen.

Baci setzte an zum Pinkeln.

Hurtig sauste Sigi zu ihr hin, schob ihr eine zusammengelegte Seite der Süddeutschen Zeitung zwischen den Beinchen durch.

Irritiert brach Baci ihre Verrichtung ab.

Sigi musterte die Zeitung: hurra, dennoch tauglich, ein paar Tröpfchen abbekommen!

Diese Trophäe wurde in den Korb gepackt und mit nach Hause genommen, dort strategisch günstig – nach menschlichem Ermessen – inmitten der anderen Bodendecker-Zeitungsseiten platziert.

Die Hunde beobachteten ihr seltsames Tun. Bella wollte genau wissen, was da los war, sie ging nachschauen, heißt: nachriechen. Und, Sigi hatte ein weiteres Hurra-Erlebnis, Bella pieselte über Bacis Tröpfchen auf den Leitartikel.

Sigi lobte sie überschwänglich, Bella wuchs um zwei Zentimeter, lief zu ihrem Frauchen, stupste sie sehr selbstbewusst und zärtlich mit der Nase ans Schienbein.

Mit tiefsinnigem Blick nahm Baci die Szenerie in sich auf, und – begriff! Sie stellte sich mit den Vorderbeinchen auf die nächste Zeitungsseite, schaute Sigi siegesbewusst an, und – pieselte!

Leider waren ihre Hinterläufe nicht mit auf der Zeitung.

Sigi schwankte zwischen Lachen und Ärger, das Lachen gewann.

Sie lobte den dummen Bummel. Und holte das Eimerchen, was vom Bummel mit einem nachdenklichen Blick goutiert wurde – das ließ hoffen, oder?

Sigi zweifelte daran, dass es ihr in den nächsten Tagen oder überhaupt irgendwann einmal gelingen könnte, die Hunde stubenrein zu kriegen.

Und nächste Woche müsste sie wieder arbeiten, ihr Urlaub war vorbei.

Hans-Erichs hilfreicher Kommentar: das kann doch nicht so schwer sein, die anderen schaffen das doch auch!, gab ihr den Rest. Sie fühlte sich sehr unzulänglich und ganz tief in sich versteckt eine kleine Portion Wut darüber, dass HE mit all dem lästigen Kleinkram natürlich nichts zu schaffen hatte.

*****

Sigi nahm Maß und beschloss, einen besonders großen Scampo in vier Stückchen zu zerschneiden.

Sie kochte Hans-Erichs Lieblingsspaghetti, mitten in der Woche. Sie hatte was zu beichten. Dass sie heute nach der Arbeit kurz über den Viktualienmarkt gezogen war und sündhaft viel Geld ausgegeben hatte. Und noch was.

Sie hatte seit Tagen darüber gebrütet. Die Arbeit ging ihr richtig gegen den Strich.

Sie kam einfach nicht zurecht mit der neuen Firmenausrichtung.

Und die Hunde wurden nicht stubenrein.

Zudem hatten die beiden Bs in der vergangenen Woche ihre faden Vormittage mit allerlei Unterhaltung so recht nach Welpenart gestaltet: die Teppichrandleiste zwischen Bad und Büro angenagt und von der Wand gerissen, neben der Couch in den Putz mehrere hühnereigroße Löcher gekrallt, sämtliche Sofakissenecken weichgekaut, Hans-Erichs Schlapfen zerbissen und einen halben Socken aufgefressen. Zu den bereits gewohnten Hinterlassenschaften hatte sich daraufhin auch noch der ein und andere Mageninhalt gesellt.

Sigi schälte die Fleischtomaten, hackte die Petersilie und rieb duftenden Pecorino.

Die Hunde hörten die Etagentür, starteten ihr Begrüßungskonzert, drängelten an der Wohnungstür, die Hans-Erich vorsichtig aufdrückte. Sofort stürzten sie auf ihn los, hingen an seinen Hosenbeinen, Bella keifte kurz zwischendurch, zwickte in Bacis Ohr.

„Hallo, meine Hübschen, hallo, Schatz", Bussi, „na, wie geht's euch denn, habt ihr mich vermisst?"

Aktenkoffer abgestellt, ein Schuh im Flur, den zweiten auf halber Strecke, die dicke Jacke auf den Sessel. Die Hunde warfen sich auf den Rücken, natürlich in einem Abstand von mindestens anderthalb Meter. Er ging auf die Knie und streichelte mit weit ausgestreckten Armen zwei nackige runde Bäuchlein. Ein weiterer Oberammergauer Reserve-Christus, dieser von hinten.

Sigi sammelte derweil – ohne Randbemerkungen – die Kleidungsstücke auf, verstaute sie und ging zurück in die Küche, lauschte mit einem halben Ohr ins Wohnzimmer. Die Hunde gauzten und maunzten und Hans-Erichs Stimme musizierte in einer Tonlage, die bis vor kurzem nur Duetten anderer Art vorbehalten gewesen war.

Die große Pfanne war angewärmt, sie gab reichlich Olivenöl hinein. Hans-Erich schaute in die Küche, sah die Scampi, Tomaten, Weißwein und die Spaghetti, er schluckte. Rekapitulierte blitzschnell: Geburtstag, Hochzeitstag, Kennenlerntag, was gab es noch für Tage? Ihm fiel nichts ein.

Aufmerksam erforschte er das Gesicht seiner Frau.

Sie war sehr geschäftig und konzentriert. Olivenöl heiß, Scampi rein. Tomatenwürfel dazu, es zischte und spritzte, ein Schuss Weißwein. Chilischote gemörsert, rein, Zitronensaft, Pfeffer.

Sie hantierte mit raschen, sicheren Bewegungen, schaute zwischendurch kurz auf, lächelte. Ein kleines, abgeducktes Lächeln.

Dass da was im Busch war, lag auf der Hand.

Er würde es früh genug erfahren.

Jetzt freute er sich auf das Essen, ein Festmahl. In letzter Zeit war er ohnehin, auch in Bezug auf Essen, nicht gerade verwöhnt worden. Und hatte ein oder drei Kilos zugenommen, weil er seinen Frust mit Knäckebroten, zentimeterdick mit Leberwurst bestrichen, etwas glätten hatte müssen.

Er nahm Besteck und Servietten mit ins Wohnzimmer, die Hunde tippelten hinter ihm her. Er holte die feingeschliffen französischen Kristallrömer aus der Vitrine, stellte sie auf den Tisch, ging an die Schrankwand, nahm den schweren silbernen Kerzenleuchter, suchte sich durch drei Schubladen und ersetzte die halb abgebrannten Kerzen durch neue. Heute großer Bahnhof, okay.

Sigi brachte die Platzteller, flache Essteller, Salatteller und eine Schüssel voll Eichenblattsalat, auf dem es dunkelbraun glänzte. „Mischst du bitte." Balsamico und Kürbiskernöl. Er liebte diese italienisch-österreichische Allianz. Behutsam tauchte er das Salatbesteck in die knackigen Blätter, brachte das Unterste zuoberst. Ein Blatt fiel auf den Tischläufer, hinterließ braungrüne Sprenkel. Egal. Dafür gab es heute, dessen war er sich sicher, noch nicht mal einen schrägen Blick.

Sigi stellte die Terrine in die Tischmitte, zögerte einen Lidschlag lang.

Ihn jetzt auch noch bedienen? War das nicht ein bisschen zu dick aufgetragen? Und wenn schon! Energisch fuhr sie mit dem Vorlegebesteck in die Nudeln und hielt eine zart nach Knoblauch duftende, ansehnliche Portion in seinen Lieblingsfarben rot weiß grün hoch: „Gibst du mir deinen Teller."

Er nahm den Essteller, stellte ihn beiseite und hielt ihr den größeren Porzellanteller hin, den sie als Platzteller hingestellt hatte. Sie schluckte es kommentarlos.

Sein linker Mundwinkel rutschte nach oben, er beobachtete, wie sie über die Hunde stieg, die vor dem Tisch lagen, Baci dem Geschehen auf dem Tisch zugewandt, Bella den Kopf zur Seite gedreht.

Sie setzte sich und bediente sich im Sitzen.

Hans-Erich zündete die Kerzen an. „Gibts was Neu–?"

„Erzähl, was macht das Geschäft?", sie war ihm ins Wort gefallen, ziemlich laut sogar.

Er gönnte sich eine kurze Pause, pickte sich ein Scampistückchen heraus und kaute es genüsslich. "Alles in Butter. Nur über den Steuerberater hab ich mich heute so richtig geärgert. Er hat die Bilanz noch immer nicht fertig." Er fuhr ein Fuder

Nudeln in den Mund, redete mampfend weiter. „Und die Bank gibt kein grünes Licht für die Kreditaufstockung ohne die Bilanz. Ich will ihm richtig Dampf machen, da sagt der blöde Kerl, weißt eh, so verdeckt zwischen den Worten, er hätt wichtigere Klienten, bei denen es um zweistellige Millionenbeträge ginge, und die müssten auch warten. Er kann nicht zaubern, sagt er." Energisch wischte er sich den Mund ab, nahm einen kräftigen Schluck Wein. „Ich will mich über den Blödmann gar nicht weiter aufregen. Ich such mir einen neuen Steuerberater. Fast fünfhundert Euro im Monat für Buchhaltung und Umsatzsteuervoranmeldung, für mich ist das richtig Geld. Und Bilanz extra. Der kann mich mal! Basta!" Und konzentrierte sich wieder auf die Pasta.

Schweigend aßen sie ein paar Minuten, jeder mit seinen Gedanken beschäftigt. Da hielt es Sigi nicht länger aus. „Ich hab heute gekündigt."

Er schluckte. „Du hast was?"

Er starrte sie an, legte die Gabel ab.

„Gekündigt." Sie fasste nach der Terrine, kippte sie zu sich. Ihr Kopf steckte fast in der Schüssel, als sie ihn fragte: „Magst noch was, ist noch genug da."

Fassungslos schaute er ihr zu, wiederholte: „Sie hat gekündigt."

Er schüttelte den Kopf, durch den gerade tausend Gedanken schossen, nein, genau neunhundertvierzig. Neunhundertvierzig netto weniger im Monat, wenn Sigi nicht mehr arbeitete. Das Traumhaus, seine Planung. Alles durcheinander.

Einerseits hatte er gehofft, nein, damit gerechnet, nachdem sich seine Umsätze und die Gewinnmarge kontinuierlich nach oben entwickelt hatten, früher als erwartet in die nächste Phase gehen zu können.

Andererseits aber.

Das dauernde Fastfood in letzter Zeit. Die Hemden, die unangenehm nach Chemie und Wäscherei stanken und die Bettwäsche auch.

Und überhaupt.

Eigentlich konnten sie sich das schon leisten, dort und da ein paar kleine Abstriche, dafür würde die Lebensqualität wieder steigen.

Sigi würde nur mehr für ihn und die Hunde da sein, das Heim und die Wäsche pflegen, täglich für ihn kochen. Doch, der Gedanke hatte was!

Sie hatte ihn gespannt, mit abwehrbereit hochgezogenen Schultern beobachtet.

Er grinste.

Sie entspannte sich, trank einen Schluck und lehnte sich zurück.

Aber ganz so leicht würde er es ihr trotzdem nicht machen, mit zu leichter Hand gegebene Dinge wurden oft nicht gebührend geschätzt!

„Warum? Bitte erklär mir, warum du ohne Ankündigung, einfach so, die Arbeit hinschmeißt?"

Sie zog den Kopf ein. „Ich will nicht mehr. Heute habe ich wieder den ganzen Vormittag nur weggeschickt. Das Leihhaus-Soll ist erfüllt, wie immer spätestens um den Zwanzigsten rum, und die Leute haben kein Geld, auch wie immer gegen Monatsende. Und wer steht von acht bis dreizehn Uhr da und hat die Arschkarte? Ich. Ich will nichts mehr! Es geht nicht mehr. Ich krieg die Hunde nicht sauber, die Wohnung starrt vor Dreck, ich komm zu nichts mehr. Schau, wie ich ausschau!"

Sie fuhr sich mit gespreizten Fingern in die Haare, die hernach erst recht in alle Richtungen abstanden.

„Ach, warst du bei Pierre und Waldo?"

„Von wegen! Keine Zeit für den Friseur", sie fauchte, streckte ihm die Hände entgegen, „da, schau, rot und rau, die Nägel brechen reihenweise, und heut in der Früh hat mich die Frau Schmidt abgefangen, regelrecht aufgelauert hat sie mir, weil die Hunde dauernd bellen, sagt sie. Ganz scheinheilig: – ach, die lieben Kleinen, sie tun mir ja so leid, bellen und jammern, sie fühlen sich wohl sehr einsam, Sie gehen ja immer noch arbeiten, nicht wahr, ich würde sie Ihnen ja gerne abnehmen, aber Sie wissen ja, meine Katzen – richtig süßlich und unangenehm. Wahrscheinlich wird sie uns das bei der nächsten Eigentümerversammlung hinbuttern!" Kriegerisch funkelte sie ihn an: „Jedenfalls war mir in dem Moment klar, so geht es nicht weiter! Mir wird das alles zu viel. Darum hab ich gekündigt!"
„Schon gut, schon gut, reg dich nicht auf! Ich sag ja schon gar nichts mehr!"
Er grinste in sich hinein. „Ich nehm mir die restlichen Nudeln – oder willst du noch?"
Sie schüttelte den Kopf.
Er zog die Schüssel zu sich heran und schob Gabel um Gabel in sich hinein, während er mit halber Aufmerksamkeit ihren weiteren Ausführungen lauschte.
„Mit dem Leipolt hab ich mich geeinigt. Resturlaub und für die Osterauktion mache ich zusätzlich den Besichtigungsabend für das Publikum, helfe beim Umräumen und bleib bei der Auktion am Gründonnerstag bis zum Schluss. Musst halt du am Abend statt zum Stammtisch die Woche lang direkt nach Hause fahren und mit den Hunden Gassi gehen. Das geht doch, oder?"
Plötzlich machte es „klick" in seinem Hirn. Als hätte ihm jemand plötzlich ein Dia in den Kopf geschoben, stand sein Traumhaus wieder plastisch vor seinem dritten Auge.
Er sah auf: „Gut, und dann meldest du dich arbeitslos."

„Nein, das tu ich nicht." Sie sagte es mit Nachdruck, „ich stehe ja dem Arbeitsmarkt vorläufig nicht mehr zur Verfügung."
„Wie bitte? Das weiß doch keiner", er zuckte mit der Schulter, „und außerdem machen das ja alle so."
„Ich will aber nicht."
Er ereiferte sich, stocherte im Salat, als wollte er Beispiele aufspießen. „Wie der Wagner seinen Campingplatz für ein paar Millionen verkauft hat, ist seine Frau am nächsten Tag beim Arbeitsamt auf der Matte gestanden – meinst du, die wollte einen Job? Oh nein, da kannst du dir sicher sein! Die wollte nur was von dem Geld zurück, das sie die Jahre über eingezahlt hatten, er Arbeitgeber, sie Arbeitnehmeranteil! Oder denk an die Koflers! Meinst wirklich, die wollte wieder arbeiten mit dem kleinen Kind nach der Karenzzeit? Lässt sich eine Umschulung zahlen, geht ein paarmal hin, lässt sich krankschreiben und kassiert fleißig! Hätten es alle nicht nötig, nicht nötiger als wir, tun es aber doch! Und wir haben auch nichts zum Verschenken!"
„Genau das ist es!" Ihr Zeigefinger stach in seine Richtung, fast durch seine Aura oder eine ähnlich empfindliche Außenschicht. „Schimpfen auf die Asylbewerber und die Harz-Vier-Empfänger, nennen alle, die auf staatliche Hilfen angewiesen sind, Sozialschmarotzer und zocken selber ab, damit sie sich den Kaviar auf tägliche Brötchen leisten können! Mit solchen Leuten schmeiß ich mich nicht auf einen Packen!"
Sie ruckte mit dem Stuhl zurück und stand auf.
Erwartungsvoll sprangen die Hunde auf, schauten Sigi zu, wie sie die Teller aufeinander stellte.
Hans-Erich verschränkte die Arme vor dem breiten Brustkorb, presste die Lippen ärgerlich aufeinander. Mein Gott, wer war sie? Mutter Theresa oder die neue Päpstin? Sein Haus, seine Planung. Alle Lichter erloschen. Mit ihrer selbstgerechten Sturheit nahm sie ihm einfach sein Lieblingsspielzeug weg.

Oder rückte es zumindest weiter weg, an die Ränder der Erreichbarkeit.
Sie trug das Tablett in die Küche, die Hunde tippelten freudig neben ihr, hinter ihr her.
Das hatten sie sofort rausgekriegt!
Vom Tisch gab es nichts, betteln zwecklos. Aber hinterher, in der Küche. Einen Happen Fleisch, eine halbe Kartoffel, oder, wie heute, ein paar Spaghetti. Es war nie das, was sie in ihren Näpfen hatten, es war immer was anderes, etwas weitaus Köstlicheres als ihr Futter.
Diese einfache Regelung, die Ruhe bei Tisch garantierte, hatte Sigi von ihrer Mutter übernommen, geerbt, mit dem Dackel, den Sparbüchern und ein paar Schmuckstücken.
Nur wie die Mutter den Dackel zur Stubenreinheit erzogen hatte, das hatte sie leider nicht mitgekriegt.
Sigi warf das Besteck in die dafür vorgesehenen Behältnisse in der Spülmaschine, da hörte sie ein Wimmern. Sie schaute sich um, schaute in den Flur. Bella saß vor der Wohnungstür und winselte. Baci saß stumm, mit einem gewissen Abstand daneben.
Bella winselte erneut, den Blick stur auf die Türe gerichtet.
„Ja Bella!" Sigi strahlte, „Schatz, schau, die Bella! Sie meldet. Sie will raus!"
Aufgeregt riss sie den Garderobenschrank auf, fuhr in die Schuhe, die Jacke.
Das unfreundliche Grunzen aus dem Wohnzimmer tat sie mit einer Handbewegung ab. „Ja, Bella, du Brave du", lobte sie weiter, tätschelte, setzte beide in den Korb und marschierte los.

*****

Es war wie beim Gänseblümchenzupfen, es klappte, klappte nicht, klappte. An manchen Tagen konnte Sigi bereits wieder barfuß durch die Wohnung laufen ohne auf nasse Stellen zu treten.

Das Anmelden eines Bedürfnisses geschah nach geheimen Regeln, über die sie sich den Kopf zerbrach, deren mathematische Formel ihr aber dennoch verborgen blieb.

Ebenso verhielt es sich mit dem Fressen. An einem Tag stürzten sich zwei ausgehungerte Wölfe auf das Futter, morgens, mittags und abends, anderntags ging Bella an ihren Napf, schnupperte, warf Sigi einen Blick wie einen dreiseitigen Beschwerdebrief mit fünf Durchschlägen zu und tippelte hoheitsvoll aus der Küche. Baci war nicht so geschmäcklerisch, sie fraß, was wann immer in Reichweite zu finden war.

Baci war eine Spur zu dick, Bella die nämliche Spur zu dünn.

Sigi schnitt ein Würstchen ganz fein, mischte es Bella unter das Dosenfutter. Bella fraß.

Baci roch an Bellas Napf, schaute Sigi so lange vorwurfsvoll an, bis auch sie ein Amuse gueule in ihr Futter bekam.

Die dritte Variante war, dass Bella einen Tag lang jede Art von Nahrungsaufnahme verweigerte wie ein magersüchtiger Teenager.

Und dann kam Variante vier.

Sigi rief wie immer: „Baci, Bella, Happi, Happi!"

Bella stakste sehr gestelzt in die Küche, fixierte stur die Näpfe, begann übergangslos zu fressen, aus ihrem Napf, aus Bacis Napf.

Baci blieb im Flur, lag direkt am Eingang zur Küche, mit abgewandtem Kopf und traute sich offensichtlich nicht, in die Küche zu gehen.

Sigi versuchte zu begreifen, was da vor sich ging.

Bella war hereinspaziert, kein Knurren, kein Fauchen, nicht mal ein Blick zu ihrer Wurfschwester. Und doch musste eine Verständigung stattgefunden haben.

Wie? Wie verdammt!?

Sigi beschloss, einzugreifen.

„Bella, du frisst hier", erhobene Stimme, Zeigefinger auf den linken, auf Bellas Napf, und „Baci, komm her, du frisst hier!", zweiter Zeigefinger auf den zweiten Napf.

Bella musterte sie mit verständnislosen großen Glotzaugen.

Baci drehte kurz den Kopf, als sie ihren Namen hörte. Wandte sich wieder ab, lag da wie hingegossen.

„Bella, du hier, Baci, du da!", Sigis Stimme war laut, streng. Sie zeigte mit ausgestreckten Armen und mit beiden Zeigefingern auf die zugewiesenen Plätze, ein Turm mit zwei ausgefahrenen Kranarmen.

Bella fixierte sie.

Baci lag reglos.

Der Turm stampfte mit einem Bein auf, wiederholte exakt seine Forderung.

Bella blinzelte, wandte sich ab und verließ die Küche, kurvte haarscharf an Baci vorbei in den Flur.

Baci wuchtete sich auf die Stummelbeine, schaute Sigi vorwurfsvoll an und trottete mit gesenkter Rute hinter ihrer Wurfschwester her.

Sie legten sich, mit gebührendem Abstand voneinander, in die Nähe der Eingangstür und ignorierten sie.

Der Turm knickte ab, sackte auf den Küchenhocker.

Was lief hier ab? Dein Hund, das unbekannte Wesen?

Konrad Lorenz fiel ihr ein.

Schorsch und Gerda hatten doch vor zwei Wochen, als sie zum Hunde Anschauen gekommen waren, ein antiquarisches Buch überreicht: „Wie der Mensch auf den Hund kam, die wissenschaftliche Version, das interessiert euch sicher", hatte Schorsch getönt.

„Weißt eh, der mit den Enten", hatte Gerda ihr Wissen angefügt.

„Mit den Gänsen, du großer weißer Vogel", hatte Schorsch korrigiert.

„Blöder Hund!"

Sigi verließ die Küche, stieg über ihre zwei unbekannten Wesen, fand den Lorenz im Wohnzimmer auf der Fensterbank und schlug ihn sofort auf.

Hochinteressant, hochinteressant!

Ihr gingen ganze Lichterketten auf, wenn auch nicht unbedingt eine Erklärung für das eigenwillige Fressverhalten ihrer beiden Caniden mitgeliefert wurde.

Beim Abendessen gab es Gulasch mit Semmelknödeln, Gurkensalat, ja, und eine Portion Konrad Lorenz.

„Die Bella ist ganz eindeutig lupusblütig. Das heißt, sie stammt von den Wölfen ab. Die Baci dagegen hat voll den Charakter des Goldschakals. Unterwürfig. Dauernd liegt die vor irgendwem auf dem Rücken. Kind oder Hund oder Mensch, bumm, immer auf dem Rücken!"

Hans-Erich schob angewidert den Salat weg. „Zuviel Knoblauch. Der stößt mir wieder die ganze Nacht auf, und morgen stink ich wieder so, dass die Kunden vom Counter einen Meter Abstand halten. Wie oft soll ich dir noch sagen, dass das nicht geht!"

Sigis Mund klappte zu.

Nicht zugehört!

Und das Essen kritisiert!

Bittesehr. Sollte er doch dumm sterben, wenn die eine Knoblauchzehe wichtiger war als das, was sie ihm zur Kenntnis bringen wollte! Die hochinteressante Lorenzsche Theorie von der Zwei-Linien-Entwicklungsgeschichte des Familienhundes, des Canis familiaris.

Wie war nochmal das Wort, das ihr so gut gefallen hatte, dass sie es sich aufgeschrieben hatte?

Informationsresistenz.

Passte wie angegossen, genau das war er, informationsresistent!

Zufrieden damit, die passende Schublade für ihn gefunden zu haben, gabelte sie den doch etwas streng nach Knoblauch schmeckenden Gurkensalat in sich hinein.

Hans-Erich stand auf. „Ich hol mir noch einen Nachschlag. Magst auch noch?"

Sigi schüttelte den Kopf.

Kein Wort würde sie heute mehr sagen. Kein freiwilliges jedenfalls. Wozu auch, wenn keiner zuhörte!

Er stapfte mit dem Teller in die Küche, die Hunde hoffnungsvoll hinter ihm her.

Noch ein Knödel, noch eine kleine Portion Gulasch, und dann jammern, wenn die Hosen zwickten.

Dabei wäre Salat viel gesünder. Sagte seine Mutter auch immer zu ihr. „Du musst viel mehr Salat machen, Siglinde, und Gemüse kochen. Er war nie so dick, als er noch zu Hause war".

Kunststück! Vor mehr als einem Vierteljahrhundert! Siglinde verschloss ihr geistiges Ohr.

Er kam mit Nachschlag und Gefolge zurück, setzte sich, öffnete den Jeansknopf und drei Zentimeter des Reißverschlusses.

„Übrigens, bevor ich es vergess, die Mama hat heut im Geschäft angerufen, ob wir nicht am Wochenende kommen wollen. Sie kann Bauernenten kriegen von der Nachbarin und ihr CD-Player spinnt wieder einmal."

Na wunderbar, als wenn sie es gerochen hätte.

In ganz Garmisch gab es keinen, der einen CD-Spieler reparieren kann! Wahrscheinlich kam die Schwiegermama bloß mit der Fernbedienung nicht zurecht, aber, wozu hatte man denn einen Sohn!

Sigi stellte die Teller zusammen, die Salatschüssel obenauf und ließ das Besteck reinscheppern.

„Was is? Wir haben doch nichts vor und außerdem waren wir seit Weihnachten nicht mehr bei ihr!" Er spaltete den letzten Knödelbrocken und zog konzentrische Kreise durch die Soße.

Sigi stand auf, die Hunde ebenfalls.

„Hast ihr gesagt, dass wir zwei junge Hunde haben, die hin und wieder auslaufen wie undichte Rohrleitungen?"

„Na. Nein. Net so direkt, beziehungsweise, ich hab das total vergessen, einfach nicht dran gedacht", er räusperte sich. „Na, die wird Augen machen, wenn sie die zwei sieht! Sie mag doch Hunde gern, und die zwei sind ja wirklich so putzig", er stand auf, streichelte die beiden Köpfchen, Baci ließ sich auf den Rücken fallen.

Sigi sammelte sein Geschirr ein, während er weiterredete, „vielleicht können wir ja im Garten sitzen, es soll wärmer werden, und irgendwie werden wir das schon in den Griff kriegen."

„Irgendwie" und besonders „Wir"!

Mama vorn und hinten, Hansi da und Hansilein dort, und der Perlator im Bad müsste auch wieder mal und bist du so lieb, während Aschenputtel Schwiegersigi mit Eimerchen und Scheuerlappen versuchen würde die Seidenbrücken der Frau Oberstleutnantswitwe in den vorherigen Zustand zu versetzen.

Sigi presste die Lippen fest zusammen, brachte das Essgeschirr in die Küche, die Hunde tippelten hinter ihr her – es gab ein kleines Scheibchen Weißbrot, dünn mit Leberwurst bestrichen. Gulasch wäre zu scharf gewesen und die Knödeln hatten sich – drei faustgroße Knödeln und kein Fitzelchen für die Hunde übrig gelassen! – in Hans-Erichs Bauch versammelt.

Gauzend machten die beiden ihr Bettelmännchen und verschlangen begeistert ihre Teilhabe am menschlichen Futter.
Sigi hat eine Spontaneingebung, einen tollen Geistesblitz! Ihre Oberlippen-Ziehharmonika entfaltete sich, mit Schwung packte sie das Telefon und brachte es Hans-Erich. „Da hast, ruf sie an und sag ihr, dass wir zwei Welpen haben, die noch nicht stubenrein sind und du kommst alleine."
Er spreizte sich, stocherte weiter in den Zähnen, „wieso?" oder so ähnlich war zu hören.
„Du rufst sie bitte jetzt an, sofort! Ich fahre auf keinen Fall mit. Sie mag ja Hunde mögen, aber ihre Teppiche sind ihr heilig."
Sie hielt ihm das Telefon vor die Nase und verfügte sich in die Küche, Aschenputteldienste zu verrichten.
Während sie Teller und Töpfe grob vorspülte, Herd und Fliesen putzte, zählte sie mit, spreizte Finger ab. Ja Mama, aber ja, ja, sicher, natürlich geht das, ja, ja – eine Hand reichte nicht mehr.
Bereits am Telefon wurde er von ihr zum Hansi gemacht.
Anders als der legendäre Herr Papa, der selbstherrlich, immer ganz Mann, über seine Familie bestimmt hatte. Umzüge von einer Kasernenkleinstadt zur nächsten, oftmals auch getrenntes Wohnen, bis er endlich in die Mittenwald-Kaserne versetzt wurde und seine Frau kategorisch darauf bestand, hier und nirgends sonst wollte sie ihr eigenes Haus haben und für immer bleiben.
Hans-Erich hatte seinen Vater immer bewundert, er hätte gerne eine engere Beziehung zu ihm gehabt. Er wäre gerne so gewesen wie er, ein schneidiger, ein richtiger Kerl, doch das hatte die Mama zu verhindern gewusst, solange Hans-Erich zu Hause gewohnt hatte. Und danach kam es auch nie zu den von Hans-Erich erhofften Männergesprächen. Sein Vater war kurz vor seiner Pensionierung an einem Gehirnschlag verstorben. Die automatische Beförderung zum Oberst bei Pensionsantritt entfiel dadurch, und aus der Oberstleutnantsgattin wurde ei-

ne Oberstleutnantswitwe, auch das Militär muss dort und da sparen.

Hans-Erich tauchte in der Tür auf. „Die Mama freut sich drauf, die Hunde zu sehen. Ach – wir haben umdisponiert. Die Mama kommt zu uns. Kannst du sie am Samstag", er schaute auf seinen Notizzettel, „um elf Uhr zweiundzwanzig am Ostbahnhof abholen? Ich häng dir den Zettel hin", er verschwand im Flur, tauchte ohne Zettel wieder auf, „die Bauernenten bringt sie mit."

Der Gurkensalat stieß ihr bitter auf. Sie schluckte, mindestens zweimal.

Sie hatte auf ein Wochenende ohne ihn gehofft, richtig faul und bequem. Ein bisschen Gassi gehen, im Jogginganzug auf der Couch liegen und lesen, sonst nichts.

„Was ist?", seine Stimme klang scharf, „ist dir das nicht recht?"
„Doch, doch, alles bestens. Ich hole sie ab, brat die Enten und was sonst noch so ansteht. Aaalles bestens!"
„Dir passt doch was net, ich kenn dich doch!"
Sich unabwendbaren Schicksalsschlägen entgegenstemmen bringt nichts, das hatte sie längst gelernt.
Sie schaute ihn mit hochgezogenen Augenbrauen und weit aufgerissenen Augen an, schüttelte verneinend den Kopf. „Alles passt, bestens! Und den kaputten CD-Player, den bringt sie auch mit?"
Er wandte sich halb ab. „Nein, ich glaube nicht, darüber haben wir nicht mehr geredet. Ich geh jetzt mit den Hunden."
Sprachs, sammelte Baci und Bella ein und machte, dass er ihrem Dunstkreis entkam.

*****

„Sag ihr, das sind Hunde und keine Kinder." Sigi knurrte in Hans-Erichs Ohr.

„Lass doch, tut doch keinem weh!" Hans-Erich trug die Platte mit Wurst und Käse ins Wohnzimmer.

Dort saß das selbsternannte Omilein auf der Dreiercouch, Baci und Bella lagen rechts und links von ihr.

„Na, ihr beiden Kleinen, ist doch schön bei Omi", war an diesem Wochenende zum Hit geworden.

Baci hatte die alte Dame sofort adoptiert, Bella hatte sie beim Empfang verbellt, sich distanziert verhalten und somit natürlich den ersten Platz gemacht. Ja, das war interessant! Bacis offene, liebevoll-stürmische Freundlichkeit war zu leicht zu haben, war nicht spannend. Bella musste erobert werden oder zumindest korrumpiert. Mit kleinen Häppchen, etwas Linzertorte vom Kaffeetisch, später mit kleinen mundgerechten Stückchen von der Entenbrust – dieser Art Charme kann kein Hund widerstehen.

Sigi rotierte innerlich, hatte sich beim Abendessen drei, viermal versehentlich in die Backentaschen gebissen. Ihre Bitte: nichts vom Tisch! wurden auf feine englische Art überhört; sie bedauerte sehr, keine After Eight Schokomintplättchen anbieten zu können, die hätten punktgenau zur Situation gepasst!

Hans-Erich ignorierte seine Frau, war ganz begeistert von seinen Hunden und von seiner Mama. Und die Mama war begeistert von dem Familienidyll, von Hansis Begeisterung und von Baci und Bella.

Als Bella zu späterer Stunde den gesamten Mageninhalt auf die Bettwäsche der Frau Oberstleutnantswitwe reiherte, zeigte sich diese etwas weniger enthusiasmiert, aber nachdem Sigi frisch bezogen hatte, hellte sich die Stimmung rasch wieder auf und die Hunde wurden aufgefordert, bei Omi zu nächtigen.

Im Ehebett.

Für sich und Hans-Erich hatte Sigi im Büro die Ausziehcouch zur Nacht gerichtet. Diese Schlafstatt konnte der Mama nicht zugemutet werden. Zu eng, zu weich, zu niedrig. Dennoch.
Alles in allem war das Wochenende fast perfekt verlaufen.
Um Sigis Bedenken als faule Ausrede aufzudecken, hatten die beiden Hunde jedes Bedürfnis angemeldet, kein Pfützchen oder sonstige Bescherungen angerichtet, was die Schwiegermu beim Abschied mit einem maliziösen Lächeln anmerkte.
Sigi quittierte die Bemerkung mit einem schiefen Grinsen, sie unterließ jeden Versuch, sich zu verteidigen.
Sie war wieder einmal durchgefallen.
Sie war alles andere als die Wunschschwiegertochter der Frau Oberstleutnantswitwe, und sie hatte ihr kein Enkelkind geschenkt.
Dass dies nicht an Sigi sondern an Hans-Erich lag und es Sigi nicht ganz leicht gefallen war, diese Tatsache zu akzeptieren, das war ihr und Hans-Erichs Geheimnis.
Sie entfernte den Zettel mit Mamas Ankunftszeit von der Pinnwand, Baci nahm ihre Pinkelhocke ein, Sigi stieß einen entrüsteten Schrei aus – zu spät!
Baci schielte schuldbewusst durch die Löckchen.
Na das war doch schon mal ein Fortschritt, dass der Hund wusste, dass er was falsch gemacht hatte, oder!
Sigi griff nach dem Häufchen Schuldbewusstsein, das prompt auf den Rücken fiel.
Klasse. Omilein raus und schon wird wieder wild gepinkelt!
Ein Lachen kitzelte in ihrer Kehle. Sie schaute auf das unterwürfige Bündel, das nicht getröstet sondern geschimpft werden sollte. Sie fühlte sich total überfordert, lief ins Schlafzimmer, warf die Tür hinter sich zu, warf sich aufs Bett und lachte und schluchzte, bis ihr die Backen wehtaten.

*****

Mit geschlossenen Augen fühlte Sigi die Wärme der leichten Steppdecke, drehte sich auf den Rücken. Nur noch einen kurzen Moment nachspüren. Der Traum, irgendwas von Wärme, von Licht und Liebe. Von Hunden, und von Gott.
Sigi musste grinsen. Sie wusste genau, sie hatte von Gott geträumt. Lichtgefunkel, eine Wand aus leuchtenden Edelsteinen, ein Strahl wanderte darüber, ließ sie gleißen, und da waren verschiedene Stimmen zu hören gewesen, die miteinander stritten. War das ihre Vorstellung von Gott?
Sie hätte nicht grinsen sollen.
Atemrhythmuswechsel, Augenliderzucken oder gar ein Grinsen war für die Plagegeister das Signal, sich auf die Beute zu stürzen, auf das sie bereits seit geraumer Zeit ganz mäuschenstill, eine rechts, eine links, ganz nah neben ihrem eingemummelten Körper, gewartet hatten.
Schwups. Baci legte ihr Köpfchen auf Sigis Gesicht, besetzt.
Bella stupste leicht und vorsichtig mit der Nase an Sigis Kinn, an den Hals, und warf sich nach hinten: Bauch kraulen, bitte!
Sigi zog seufzend ihre Hände unter der Bettdecke hervor, streichelte einen Bauch, einen Kopf. Baci streichelte zurück, sehr feucht, quer über das ganze Gesicht, wähh.
Während sie die unvermeidlichen Freundlichkeitsbeweise erduldete, kramte sie in allen Gehirnecken nach ihrem Traum, nach auffindbaren Resten. Liebe. Hunde. Gott. Von Gottes Hundeliebe? Die eine Stimme hatte gekeift, eindeutig. Gott ein keifendes Weib?
Sie lachte, sie gab auf.
Es tat ihr wohl, sich noch ein paar Minuten in die Decke zu kuscheln, die Hunde zu kuscheln, das neue Gefühl, nicht in die Arbeit zu müssen, dieses neue Gefühl noch kurz auszuprobieren.

War es anständig oder dumm, sich nicht der Möglichkeiten des Sozialstaates zu bedienen? Das Gefühl sagte ihr: anständig, der Intellekt sagte: dumm. Hans-Erich sagte auch: dumm. Zwei zu eins.

Sigi schob die Überlegung weg, schob die Hunde mitsamt der Steppdecke weg und schwang sich aus dem Bett.

Sie duschte, putzte die Zähne wie immer lang und gründlich, schminkte sich flüchtig.

Die Hunde lagen im Flur, schnaubten unter der geschlossenen Badezimmertür durch um sie sanft anzutreiben.

Sie ließ sich Zeit, sie wusste ja, dass Hans-Erich bereits mit ihnen draußen gewesen war.

Das erste Gassi übernahm immer er, zwischen Morgenpflege und Kaffeetrinken. Er war ein notorischer Frühaufsteher, stand wochentags immer um halb sechs auf. Sonntags pflegte er früher gern etwas länger im Bett zu bleiben.

Früher.

Früher war nicht mehr. Die neue Zeitrechnung begann mit dem Einzug der beiden Bs, der Tag Null! Viele alte Gepflogenheiten waren plötzlich in Frage gestellt und erwiesen sich als nicht hund-kompatibel.

Nachdem Hans-Erich sechs Tag hintereinander das Bett um halb sechs geräumt hatte, es quasi Bella zur Verfügung gestellt hatte – er raus, sie rein, Chef-Platz einnehmen! – betrachtete sie dies als ihr verbrieftes Recht.

Als er am siebenten Tag, weil Sonntag, länger ruhen wollte, ergab das für sie keinen Sinn.

Sie pflanzte sich an seiner Bettseite auf und gauzte und maunzte

Er murmelte Beschwichtigungen, drehte sich um und landete mit dem Kopf auf Bacis Rute, die diese Annäherung als Aufforderung betrachtete und ihn ablecken wollte, was er aber nicht wollte. So drehte er sich zurück, Baci rückte nach und

bearbeitete seinen Hals und die blanke, na ja, etwas dünn behaarte Stelle auf dem Hinterkopf. Er murmelte weitere Beschwörungsformeln, die nicht wirklich gut ankamen.
Bella wollte nicht beschwichtigt werden; er sollte gefälligst ihren Platz räumen.
Sie begann zu bellen.
Sigi fuhr hoch, „Ruhe, verdammt, ihr, ihr Krawachos!", und noch etliches in diesem Sinne, ihr Repertoire an Flüchen war erstaunlich umfangreich.
Hans-Erich beugte sich dem Druck der weiblichen Mehrheit und räumte künftig still auch jeden Sonntag um halb sechs das Bett.
Dass seine Frau ein kein ausgesprochener Morgenmensch war, wusste er seit geraumer Zeit, genau genommen seit der dritten oder fünften gemeinsamen Nacht, als er den Fehler machte, sie morgens sanft zu wecken, um dort fortzusetzen, wo man abends aufgehört hatte.
Die Hunde hatten ebenfalls sehr rasch gelernt, Sigis Schlaf- und Aufwachzeiten zu tolerieren, sie legten keinen Wert auf geplärrte Anraunzer. Selten wagten sie mehr als ein kleines Schnauben in ihre Richtung, lasen aber höchst aufmerksam nach Zeichen in ihrem Gesicht, die bei weiter Auslegung als Kommunikationsbereitschaft gedeutet werden konnten.
Sie warteten ungeduldig-geduldig, bis Sigi endlich in ihre Jeans geschlüpft, sich Pullover, Schuhe, Jacke, angetan hatte und sie in den Korb setzte. Gassi tragen.
Sie wurden allmählich zu schwer. Neun Kilo Hund, Baci über fünf davon.
Sigi stellte den Korb wieder ab.
Überrascht hüpften beide aus ihrem gewohnten Transportmittel, ließen sich anleinen und – oh Wunder! – trabten, hocherfreut über dieses neue Spiel, neben Sigi her zum Lift,

zum Haus raus bis hin zum alten Bahndamm, wo sie abgeleint wurden.

Sie fetzten über die Wiese, jagten sich im Kreis, prallten aufeinander, kugelten im Grass, rissen sich gegenseitig an den Ohren und den Schwanzfedern, pausierten, um sich die erbeuteten Haare mühsam aus den Zähnen zu polken.

„Baci, Bella, herkommen!"

Sigi hatte in der festen Absicht, den warmen Sonnentag zu einer Erziehungsstunde zu nutzen, Hundebiskuits in die Jackentasche gesteckt.

„Bella, herkommen!"

Bella kam prompt, lief mit blitzenden Augen auf eine strahlende Sigi zu, die ihr ein Leckerle ins Maul steckte.

„Baci, herkommen!"

Baci trabte los, Bella spuckte das Leckerle aus, schnitt Baci den Weg ab. Sie rauften eine Strophe.

Sigi legte nach: „Baci, komm her!"

Baci wollte loslaufen, Bella wollte das verhindern.

Sie rauften eine zweite Strophe.

Sigi, diesmal mit spürbarer Wärme im Gesicht: „Baci! Baci, komm her!"

Scheinbar unbeeindruckt balgten die beiden weiter miteinander.

Ärgerlich stampfte Sigi mit dem Fuß, brüllte: „Baci, Bella, herkommen! Baci, Bella!"

Wie hingezaubert hockten sie in der nächsten Sekunde hechelnd zu ihren Füßen.

Mistviecher! Sollte, müsste sie sie jetzt loben oder nicht?

Sie beschloss, die beiden zu ignorieren, wollte das von Bella ausgespuckte Leckerle wieder einsammeln, Baci war schneller.

Sigi verbiss sich das Lachen.

Lachen wird von Hunden als die höchste Form der Zustimmung betrachtet, es rangiert weit vor allen anderen Belohnungen und Belobigungen – und ist somit in dubiosen Situationen strikt zu vermeiden!!!
In der Absicht, das Herkommen weiter zu üben, setzte sich Sigi in Bewegung, sie dachte so an die zehn Meter Abstand.
Die beiden hefteten sich an ihre Fersen.
„Stehen bleiben!" Mit schräg gehaltenem Köpfchen schauten beide zu ihr. „Ihr bleibt hier stehen", Sigi zeigte, wo genau, also da, wo die beiden eh schon standen, „und ich geh dort hin", Sigi zeigte mit dem ausgetreckten Arm, wohin. Die beiden schrägen Köpfchen schauten ihr immer noch interessiert zu.
Sigi war sich nicht sicher, ob die Hunde verstanden hatte, was sie meinte. Sie ließ den Arm sinken und machte zwei Schritte. Die Hunde auch. „Stehen bleiben!"
Das verstanden sie offensichtlich nicht.
Dann halt nochmal: „Stehen bleiben. Sitz!"
Genau, das war's! Man musste nur flexibel sein. Sie würde „sitz" üben.
„Sitz!" Sie drückte Bellas Hinterteil ins Gras. „Siiitz!", zu Baci, Hinterteil runterdrücken, „siiitz", Bella wippte derweil hinten wieder hoch, Sigi drückte wieder runter, „Bella, siiitz", derweil wippte Baci wieder hoch.
Wären die beiden enger beieinander gesessen, hätte sie wie beim Trommeln einen gewissen Rhythmus hineinbringen können, aber durch den üblichen Abstand der beiden Protagonistinnen war Sigi zu eineinhalb Schritten, sitz, drücken, Wendung, eineinhalb Schritte, sitz, drücken, Wendung, gezwungen und das nahm ihr die Luft und die Lust.
Sie gab just in dem Moment auf, in dem die Hunde anfingen, das neue Spiel spaßig zu finden.
Enttäuscht setzten sich beide hin.

Und Sigi überlegte, ob sie jetzt selber zur Belohnung ein Hundebiskuit fressen sollte.

Ein Langhaardackel in weiblicher Begleitung tauchte am anderen Ende des Feldweges auf.

Baci und Bella sausten bellend, in bester Stimmung, in deren Richtung.

Für Sigi eine prima Gelegenheit, die Hunde zu erziehen.

„Baci, Bella, stop!" Die beiden ignorierten Sigi total, – vielleicht stand auch der Wind nicht günstig und sie hörten sie nicht – liefen weiter auf den Dackel mit Dame zu.

Der Dackel wurde abgeleint, stand bei Fuß und wackelte mit der Rute.

„Baci, Bella, stop!" Sigi schrie und lief hinter ihren Hunden her.

Bella stoppte, Baci rannte in den anderen Hund hinein, beschnupperte, betatschte ihn mit den Vorderpfoten, wedelte mit dem ganzen Hinterteil und warf sich dann auf den Rücken. Ließ sich vom Dackel ausführlich untersuchen. Bella näherte sich abwartend die letzten paar Schritte, biss Baci zurechtweisend ins Ohr, beschnupperte flüchtig den fremden Hund und setzte sich.

Außer Atem holte Sigi ihre Hunde ein.

„Na, klappt wohl nicht so recht mit dem Gehorsam", bemerkte die Dame, eine rothaarige Endfünfzigerin im Trachtenjanker, mit kaum verhohlener Schadenfreude.

Sigi ließ ihre Jacketkronen blitzen, „sie sind noch Welpen, wir üben noch! Außerdem geh ich spielerisch an die Erziehung ran, ich will sie nicht zu Duckmäusern machen!" Unsympathische Person!

Bella saß neben Sigis Füßen, Baci forderte den Dackel wiederholt zum Spielen auf, er wollte nicht so recht.

„Wotan, hierher!" Die Lodenjacke zeigte, wohin. „Ein Hund muss gehorchen. Sehen Sie!" Er gehorchte prompt. Ein Dackel,

okay, nur ein Glatthaar, kein Rauhaar, aber dennoch! „Platz!"
Er lag platt da.
Nicht zum Anschauen! Rekrutenweib!
Sigi ballte die Fäuste in den Jackentaschen. „Wirklich ganz toll, die Nummer! Wie beim Zirkus! – Baci, Bella, wir müssen heim! Wiederschaun!" Sigi wandte sich ab, und – die beiden Bs folgten ihr auf dem Fuß.
Sie grinste triumphierend über die Schulter. Sie hatte nicht mal: „Kommt her", schreien müssen, das „Wiederschaun" und das Weggehen hatten genügt. Genauso stand es auch in den schlauen Erziehungsbüchern.

*****

# Kapitel 3

## IM LACHKABINETT:
## AUF HOCHGLANZ POLIERTE TAGE

Buntes Treiben und schönes Wetter halten nicht ewig an. Sigi fängt sich atmosphärische Störungen ein, die Hunde sind regenvergnügt und Hans-Erich duftet nach Erfolg.

Paula war wieder da!
Hatte angerufen: „Hi Sigi, ich bin heute schon gekommen, wie sieht es aus, hast du Zeit heute Abend?"
Natürlich hatte sie Zeit! Sigi hielt den eleganten Lagerfeld-Hosenanzug vor sich, betrachtete sich im Spiegel. Erhitzte Wangen, blitzende Augen, das braune Haar von feinen weißen Linien durchzogen.
Nein. Dunkelblau war zu trist. Sie warf den Anzug aufs Bett. Den Kaschmirblazer mit Jeans kombinieren? Das Leinenkostüm?
Sie musste Hans-Erich anrufen, sie war viel zu aufgeregt, sich jetzt mit Klamotten zu beschäftigen.
Paula, ihre beste Freundin seit ewig, seit der Grundschule.
Paula, die Löwin, die die Sonne gepachtet hatte und alles zum Leben erwecken konnte.
Das Telefon schrillte, Sigi stürzte in den Flur.
Hans-Erich. Das war Gedankenübertragung. „Schatz, such dir aus, wohin wir essen gehen, es gibt was zum Feiern! Bayrischer Hof oder Aubergine..."
„Geht nicht." Blöd. Saublöd.
Sie hörte ihn durchs Telefon schnauben, redete hastig weiter. „Die Paula ist da, ich treff mich mit ihr."
Schnauben. „Welche Paula?"
Sie wusste, dass er genau wusste, welche Paula. „Meine Freundin. Und jetzt hör mit den Spielchen auf!"
„Ach, der Paul!!!"
So nannte er Paula immer, wenn sie ihm in die Quere kam – was früher häufiger der Fall gewesen war.
„Bittesehr", fuhr er fort, „na dann. Interessiert dich wohl gar nicht, was passiert ist? Klasse, kann ich da nur sagen, wirklich klasse, und tschüssss!"
Klick.

Ihr Freudenfeuer war zu einem grauen Häufchen Asche verbrannt.

Eifersüchtiger Kerl!

Paula war für seinen Geschmack viel zu selbstbewusst, strahlte zu viel Kraft und Lebensfreude aus, hatte zu üppige Kurven und viel zu viel Bewunderung von Sigi.

Langsam steckte sie das Telefon zurück in die Ladestation. Sollte sie zurückrufen?

Nein, würde sie nicht. Wirklich nicht!

Sie ging ins Bad, drehte die Hähne auf, warf drei Handvoll Meersalz in die Wanne und verteilte mit raschen, geschickten Bewegungen die Honigmaske im Gesicht.

Obwohl.

Es musste schon der Blitz eingeschlagen haben, wenn er solche Lokale vorschlug.

Sie wusch ihre Hände.

Er hatte wie ein kleiner Junge geklungen, der gleich ein besonders schönes Froschexemplar aus der Hosentasche ziehen würde.

Sie ging zum Telefon.

Er war abweisend und tief gekränkt.

„Sei kein Frosch, komm halt später nach." Honig könnte jetzt nicht schaden. „Schatz, du weißt doch, wie sehr dich die Paula mag. Sie sagt jedes Mal, du bist das einzige männliche Exemplar mit Humor und Hirn, das ihr je untergekommen ist, sie sagt, du hast echten Witz und manchmal sogar Esprit!"

Jetzt grinste er geschmeichelt, sie spürte es durchs Telefon.

„Nur manchmal? Also gut, okay."

„Und jetzt sag endlich, was los ist, sonst platz ich noch vor Neugier!"

Sie hörte ihn Luft holen.

„Die Tribag, das hab ich dir ja schon erzählt, hat doch seit sechs Wochen vier Autos von mir. Und jetzt halt dich fest: sie wollen noch achtzehn weitere! Langzeit, auf ein halbes Jahr, und den Auftrag haben sie mir bereits durchgefaxt! Und wenn alles glatt geht, verlängern sie, bis die Kabelrohre fertig verlegt sind. Das heißt, drei Jahre! Da bleiben im Monat zusätzlich unterm Strich brutto so an die fünftausend hängen! Fünftausend! Wie hört sich das an?!"

„Ich weiß gar nicht, was ich dazu sagen soll. Spitze! Schatz, du bist einfach Spitze! Wir werden ein Unterwasserballett engagieren und uns in Champagner ersäufen! Nein, im Ernst. Es ist schon eine Klasseleistung, was du in so kurzer Zeit aus dem Laden gemacht hast. Von Null auf Hundert in drei Jahren und jetzt noch ein dickes Sahnehäubchen obendrauf! Schatz, ich bin so stolz auf dich!"

„Naja, da war natürlich auch ein bisserl Glück dabei. Aber trotzdem, das kann sich sehen lassen, das macht mir so schnell keiner nach!" Kleine, sehr zufriedene Pause. „Dann bis später, ich komm so gegen neun. Im Hyatt, oder?"

„Ja, wie immer. Bis später Schatz, ich hab dich lieb. Bussi!"

War das ein Tag?

Das war ein Tag!

Sigi beugte sich zu den Hunden, zauselte deren Köpfe. Prompt ließen sich beide auf den Rücken fallen.

Kichernd knuddelte und zupfte sie Ohren, Bäuche, Pfoten, Baci und Bella maunzten kehlig, rückten die Köpfchen nah zueinander und tauschten Maul an Maul Urlaute aus.

*****

„Auf die Vernissage."

Die Rotweinkelche trafen sich mit einem feinen singenden Ton. „Es wird bestimmt ein Triumph!" Der Barolo wärmte mit samtigem Feuer Sigis Gaumen, sie wartete einen genüsslichen Moment, ehe sie schluckte.

Paula lachte. „Auf dich! Wie schön, dass du da bist", sie trank.

Der Ober servierte die Lammnüsschen, zerlegte gekonnt den Rehrücken.

Sie aßen langsam, plaudernd.

Als Sigi so gegen sechs eingetroffen war, hatte sie eine total aufgelöste Paula vorgefunden.

„Das wird eine Katastrophe! Ein Reinfall! Dieser Stanglmaier ist eine Null! Wie konnte ich mich auf sowas einlassen! Der Mann hat keine Ahnung von Kunst – von Präsentation – diese kahlen Räumchen mit Tischchen und Häppchen! Sowas von Provinz! Ach Sigi, Sigi, was soll ich bloß tun!"

Sie hatte sie kurz umarmt, das Kissen, das sie an sich gedrückt hielt, aufs Bett geschleudert, nachgeboxt.

Sich auf das Bett gesetzt. „Ich lass es platzen. Die ganze verdammte Ausstellung. Das schenk ich mir! Wozu? Ich frag dich, wozu?"

Ein kurzer Anfall von Lampenfieber? Panik? Jedenfalls Oper, ganz große Oper – Lucia die Lammermoor am Höhepunkt ihrer Verzweiflung!

Sigi setzte sich zu Paula aufs Bett, zündete sich eine Zigarette an.

„So – genauso wie dieser Schinken", mit ausladender Geste wies Paula auf eine Kokoschka-Reproduktion, „hat der meine Bilder an die Wand genagelt. Aufgehängt! Ja genau! Wie Erhängte, schön leblos in Reih und Glied. Du hältst es nicht aus! Ein Desaster!"

Dramatisch ließ sie sich auf den Rücken fallen, die Hände im Nacken, ihre langen rötlichen Kräuselhaare ausgebreitet wie Medusas Schlangen.

„Paula, Paula", Sigi grinste, „jetzt sag schon, was hast mit ihm gemacht?"

Sie hob kurz den Kopf: „Okay, du hast Recht. Du kennst mich einfach zu gut." Ließ den Kopf wieder zurückfallen. „Ich hab diesem hundertachtzig-Jahre-im-Familienbesitz-Galeristen gesagt, er soll Sand und Steine ranschaffen! Felsbrocken, Baumstämme, alte, modrige Bretter, irgendwas! Das Gesicht hättest du sehen sollen. Ich will es verlebt! hab ich geschrien, morbid, in Absterbens Amen!, und gefuchtelt wie ein echter Sizilianer auf dem Fischmarkt!" Paula zerschnitt die Luft, zerteilte sie mit beiden Armen in unregelmäßige Häppchen. „Er hat sehr sparsam geschaut. Aber spuren wird der, so einen Auftritt riskiert der nicht noch mal!"

Lachend stand Paula auf, ordnete ihr Wollensemble. Chic. Sehr lässig. Italienische Spitzenklasse.

„Da", sie drückte Sigi einen eleganten, schmalen Katalog in die Hand, „viel zu gestylt! Und außerdem erwähnt er in der Vita meine Ehe mit Robert. Muss selber recherchiert haben, widerlich! Sowas schmückt, ein führender Möbelfabrikant, auch wenn es nur der Ex ist! Dafür würg ich ihm noch einen rein!"

Sigi blätterte.

Bewegung, Lebenskraft, Gluthitze sprang sie an.

Disteln bohrten aus einem Bild heraus, stachen mit giftroten Spitzen, gefärbt von einem lodernden Sonnenuntergang. „Ich kann mir beim besten Willen nicht vorstellen, wie dieses Bild leblos wirken soll. Mir nimmt es die Luft, bereits auf dem Foto. Es ist, ich weiß nicht, wie Feuer, das einem entgegenschlägt!"

Paula lachte im Bad. „Welches?"

„Sizilianische Rosen."

„Ach, der Distelhaufen. Verkauf ich nicht", sie schaute aus der Badezimmertür.

„Ich brauch mehr Licht, hab ich geschrien, viel mehr Scheinwerfer! Es muss beißen, ausdörren, wehtun in den Augen. Die sollen etwas spüren und nicht nur Lachsbrötchen und Langustenhäppchen in sich hineinschieben."

Sigi schloss den Katalog, dachte an die Bilder, die ihr Paula vor vielen Jahren geschenkt hatte. Schnurgerade Lavendelreihen, liebliche Landschaften, blaurosa Himmel, kopiert mit gelecktem Pinsel; dachte an die Freundin mit ihren sorgfältig frisierten, meist hochgesteckten Haaren, in Faltenrock und flachen Schuhen, ein Perlencollier um den Hals, im Schlepptau des Herrn Gemahls, verhalten, blass und ein wenig blutleer. Was für eine Veränderung!

Paula kam aus dem Bad, schlüpfte in ihre grauen Wildlederpumps, zog den rechten nochmals aus, beschaute ihn: „Genau! Alte Schuhe, zerlatschte, verhatschte Schuhe und Stiefel! Das Leben ist gelaufen – schneller als ihr denken könnt! Gefällt mir! Das wird ihm den Rest geben. Weg von dem Null-Acht-Fuffzehn, das bringt vielleicht sogar in den alten steifen Knochen noch ein bisschen Leben!"

Lachend waren sie im Restaurant gelandet.

Das zarte Frühlingsgemüse in der Teighülle – es hatte sich auf der Speisenkarte köstlich gelesen – traf gummiartig auf Sigis Gaumen, eindeutig Tiefkühlkost und ziemlich geschmacksneutral. Zum Glück hatte sie ihr „Maria hilf!" dabei. Eine selbstgemachte Kräuter-Knoblauch-Olivenöl-Kombination, die fast jedes Gericht retten kann. In ein Riechfläschchen aus dem Biedermeier gefüllt, das im originalen Lederetui in jede ihrer Handtaschen passte. Unauffällig würzte sie Gemüse und Lammnüsschen damit nach.

„Das Rotkraut ist fad, schmeckt nach gar nichts", kritisierte Paula, „wie man das nur so verhunzen kann. Tu mir doch auch ein paar Tropfen drauf." Sie spülte den faden Geschmack mit

Rotwein weg. „Ich finde es gut, dass du nicht mehr arbeitest. Der tägliche Trott verstopft das Hirn, besonders die rechte Seite. Weg mit der Logik, weg mit der ewigen Vernunft, die Kreativität übernimmt die Herrschaft und das Leben wird bunt und spannend! Ich weiß, wovon ich rede!"
Sigi lachte, während sie den Rotkohl betropfte. „Ach Paula, leider bin ich nicht so wie du. Ich habe keine besondere Begabung, und schon gar keine künstlerische. Ich bin mehr sowas wie ein Spiegel, in dem ihr Künstler euch sehen könnt. Ich reflektiere nur."
Paula rollte die Augen. „Quatsch, Spiegel! Jeder ist ein Künstler. Du musst nur rumprobieren, rumspielen. Deine Blumensträuße, deine Gestecke, das ist Kunst!" Sie zielte mit der Gabel auf Sigi: „Trau dir was zu! Du hast jetzt Zeit. Zeit – sag, willst nicht mitkommen nach Sizilien? Jetzt ist es am schönsten. Alles blüht, in Farben, die du noch nie gesehen hast, in Farben, die es gar nicht gibt. Und noch nicht so heiß – sag?"
Sigis Brustkorb dehnte sich, das Herz schlug ein paar schnellere Takte. Sie blickte auf und sah Hans-Erich durch die Glastür. Er winkte fröhlich. Lang und langsam atmete sie hörbar aus. „Da kommt Hans-Erich."
„Natürlich. Aufs Stichwort!" Paula lachte, wandte sich um, „hallo, du Hanserich!"
Hans-Erich beugte sich zu ihr, umarmte sie, klopfte ihr dabei auf den Rücken: „Na, Paul, altes Mädchen, wie stehen die Aktien?", schaute ihr kurz, sehr aufmerksam ins Gesicht. „Du siehst phantastisch aus! Fast so gut wie meine Frau", er ging zu Sigi, küsste sie zart auf beide Backen, nahm ihre Linke, „ich bin immer wieder erstaunt, was für ein Weib ich mein eigen nenn!", er deutete einen Handkuss an.
„Ist er nicht allerliebst, mein Hansi?"
„Wie ein Hochglanzprospekt für Heiratsschwindler."
Hans-Erich hatte sich gesetzt, die Nachspeisenkarte genommen: „Was ist heute zu empfehlen? Ah, da ham wir es ja

schon: hartgesottener Feminismus mit zigmal durchgekauten Beilagen." Sie lachten fröhlich und ausgelassen.

Der Ober entfernte die Teller, stand wartend am Tisch. „Nachtisch? Käse?" Verneinendes Kopfschütteln.

Hans-Erich schaute in die Runde: „Mokka und einen Ziegler Number One?" Kopfnicken. Er spreizte drei Finger: „Drei Mokka, dreimal Wildkirsche."

Später übersiedelten sie in die Pianobar, tranken Roederer Cristall. Hans-Erich referierte über seine geschäftlichen Erfolge, Paula schwärmte vom Licht auf Sizilien, das die Konturen scharf und die Nuancen feiner macht, und von ihrer Tochter, die derzeit in Mailand, mal im Chor, mal schon kleinere Partien sang, und Sigi schilderte launig und heiter ihre Erfahrungen mit der Hundeerziehung.

Als sie so gegen ein Uhr morgens heimkamen, hörten sie Baci und Bella bereits von außen, nachdem sie die Etagentür geöffnet hatten. Von keinerlei menschlichen Hemmungen behaftet, ließen sie ihrem Unmut lauten Lauf.

„Pscht, pscht, ja, ist ja gut, pscht. Da sind wir ja wieder, ist ja gut."

Sigi war bereits ausgezogen, putzte sich die Zähne, da klingelte es lang anhaltend an der Wohnungstür. Die Hunde kläfften erneut los, Hans-Erich war zu hören, eine zweite Stimme. Unfreundlicher, lauter Wortwechsel, untermalt von wütendem Gebell. Dann fiel die Tür mit Nachdruck ins Schloss.

Sigi schaute in den Flur, „was ist los?"

Hans-Erich, die Socken in der Hand, das Hemd halb ausgezogen, leicht gerötete Augen, stand breitbeinig da. „Nichts. Nur der Schmidt von unten. Eine Whiskyfahne von hier bis Palermo. Sie können nicht schlafen, die Hunde haben angeblich immer gebellt, wenn Geräusche im Haus waren. Hab ihn kaum verstanden, voll bis zum Stehkragen, musste sich am Türrahmen festhalten, sonst wär der glatt umgefallen!" Er ging ins Schlafzimmer.

Verdammte Kiste! Sie würde sich morgen entschuldigen müssen. „Ogottogott, wie peinlich! Da kann ich mich morgen wieder auf was gefasst machen!"
„Auf gar nichts lässt dich da ein", er stand in der Pyjamahose im Türrahmen, „wir sind die angenehmsten Nachbarn, die sich einer wünschen kann und das bisschen Hundegebell, das man unten sowieso kaum hört, das werden die schon vertragen müssen. Und, du wirst sehen, außer den Schmidts hat keiner was gehört und schon gar keinen gestört! Außerdem täts mich sehr wundern, wenn der morgen noch irgendwas davon weiß, so voll, wie der war!"
Wahrscheinlich hatte er Recht.
Sigi war müde, ein bisschen betrunken und ein bisschen frustriert, vielleicht darüber, dass der schöne Abend zuletzt doch noch einen kleinen Riss bekommen hatte.

*****

Wie ein bunter Jahrmarkt mit Kettenkarussell, Zuckerwatte und Schiffsschaukel an einem warmen Sommertag der Kindheit klebte Paulas Kurzbesuch noch in Sigis Gedächtnis.

Die Vernissage war ein Riesenerfolg gewesen, sogar der blasierte Kunstkritiker Prof. Dr. E.v.S. vom Münchner Standard war von der elektrisierenden Kraft der Bilder, der Farben, des Lichts, und von der ungewöhnlichen Präsentation außerordentlich angetan gewesen.

Dass es ausgerechnet zum Zeitpunkt des schlimmsten Gedränges einen Kurzschluss gegeben hatte, alle ein paar Minuten im Dunklen standen, hatte die Stimmung fast zur Hysterie hochgetrieben und die anschließend eingetretene Entspannung etliche Geldbörsen geöffnet.

Sigi hegte die Vermutung, dass Paula ein wenig nachgeholfen und trotz der Ermahnungen des Hauselektrikers einen weiteren Scheinwerfer mit hoher Wattzahl zugeschaltet hatte.

Der Galerist hatte gestrahlt wie eine Mutter, die ihre neugeborenen Fünflinge in eine Kamera hält, Paula die erste große Entdeckung des einundzwanzigsten Jahrhunderts genannt, völlig ignorierend, dass sie bereits in mehreren italienischen und deutschen Kleinstädten erfolgreich ausgestellt hatte. Was war schon Landsberg am Lech oder Fugata da Questa gegen hier in seiner Galerie, dem Nabel der Kunstwelt! Wortgewaltig kündete er immer wieder von der Kunstperiode der Power-Frauen, von der maskulinen Frauenpower, vom Power-Painting, bis er sich irgendwann völlig entkräftet dem sizilianischem Rotwein zuwandte, den Paula gestiftet hatte.

Der Abend endete mit einem Zug durch Schwabings Kneipen, die letzten waren nur mehr eine nebelhafte Erinnerung in Sigis Gedächtnis.

Paula hatte vor Freude geglänzt wie ein nagelneuer Goldddukaten über die vielen Komplimente und über den Verkauf einiger Werke. Und später fast geweint vor Kummer: „Dafür hab ich mich abgeseilt und bin auf einem Felsbrocken gehockt, um genau diesen Blick auf die Krüppelbäume zu kriegen. Viermal, wegen dem Licht, bis es endlich gestimmt hat. Und jetzt sollen sie in einen Treppenaufgang, wo sie farblich gut mit dem Läufer korrespondieren werden! Ich will sie nicht hergeben. Sie sollen nicht korrespondieren! Will nicht. Die ganze Ausstellung, nie, nie, nie mehr! Nie mehr Vernissage, Vernissage, fürn Arsch!" Es dürfte der vierte oder fünfte Cognac gewesen sein, der diese hochphilosophische Schlussfolgerung ausgelöst hatte.

Als Sigi am nächsten Morgen zu ungewohnt früher Stunde wortlos an Hans-Erich vorbei durch den Flur tappte, in Küche und Bad nach Aspirin suchte, sie im Wohnzimmerschrank endlich fand und zurück ins Bett stolperte, hörte sie ihn irgendwas über kleine Fässer, die ihr Fassungsvermögen leicht überschätzten, murmeln.

Kunststück! Sie war ihrer Freundin beigestanden, hatte sie über den Trennungsschmerz hinweggetröstet, mindestens fünf Kneipen lang! Wogegen er nur ganz kurz auf der Vernissage aufgetaucht, einen flüchtigen Blick auf die Menschentrauben, auf die Bilder geworfen hatte, ein Glas Weißwein, ein Häppchen eingeschnauft, und wieder abgetaucht war.

Gegen Mittag war Paula mit einem Schwung Zeitungen bei ihr vorbeigekommen. Eine einzige kurze Rezension, in wichtigtuerischen Worten, deren Sinn beide nicht so recht verstanden, auch nicht, nachdem sie im Duden nachgeschaut hatten. Paula hatte noch Zeit bis zum Abflug am frühen Abend.

Zusammen spazierten sie rund um den Feringasee, eine Runde, in deren Verlauf Sigis wohlgeordnete Denkmuster ein paar neue Impulse empfingen.

„Lass doch die beiden selbst entscheiden", sagte Paula, „du zerrst zu viel an ihnen rum, so können die kein Selbstvertrauen entwickeln", als Sigi die beiden Bs blitzschnell am Halsband

festhielt, weil sie bellend auf einen bedrohlich großen Dobermann zulaufen wollten.
Sehr im Zweifel ließ sie die beiden laufen.
Baci biederte sich an, der große Hund beschnupperte sie kurz. Bella kläffte aus zwei, drei Metern Abstand, der Dobermann sprang zu ihr hin, schnappte, – Sigis Herz setzte aus – schnappte in die Luft. Bella kläffte selbstbewusst weiter, zwei Meter entfernt. Der Dobermann wandte sich arrogant ab, scharrte kurz mit den Hinterläufen und verschwand mit eleganten Sätzen zu seinem pfeifenden Herrn.
Paula sah in Sigis blasses Gesicht. „Was ist denn mit dir los, seit wann bis du so ängstlich? Die machen das schon untereinander."
„Aber die sind so klein, der verfrühstückt sie doch, ohne dass er auch nur einen Kratzer abkriegt und sein Herrchen, der schert sich überhaupt nichts darum, was mit meinen Hunden passiert, das hast du doch gesehen!"
„Jeder halbwegs vernünftig gehaltener Hunde verhält sich im Umgang mit anderen Hunden ebenso wie es Menschen untereinander tun!"
Paula hatte lebenslang, schon als sie Schulkinder waren, Hunde um sich gehabt. Lediglich in der Zeit, in der sie verheiratet gewesen war, hatte kein Hund Platz gehabt, weil Robert das so wollte. Beziehungsweise nicht wollte, dass da noch Götter neben ihm seien. Eine der ersten Handlungen Paulas nach der Trennung war gewesen, sich einen Hund aus dem Tierheim zu holen. Eine nougatbraune Dogge, ein richtiges Riesenvieh, das sie mit nach Sizilien genommen hatte. Frida, von Paula so genannt nach einer ihrer Lieblingsmalerinnen, nach Frida Kahlo. Wobei anzumerken wäre, dass die Malerin weitaus temperamentvoller und leidenschaftlicher gewesen sein dürfte als die Dogge, die jeden anderen Hund ignorierte.
„Ist doch nichts passiert. Dem Zwergerl ist doch auch nie was passiert, und der war ja nun wirklich zeitweise vom Größen-

wahn geküsst! Bei den Hunden untereinander zählt nur die mentale Stärke und mit deiner Ängstlichkeit schwächst du sie nur", sie beugte sich zu Bella, „du bist ein ganz toller Hund, ganz toll hast du das gemacht!" Sehr stolz hörte sich Bella die Huldigungen an, Baci drängte sich dazwischen, „ja, ja, du auch, du Fall-um-Hund!"

„Das ist ganz normal, sie der Goldschakal-Typus, während die Bella eindeutig lupusblütig ist", verteidigte Sigi, stolz auf ihr Wissen, Bacis Verhalten.

„Häääh?"

„Laut Konrad Lorenz gibt es zwei Linien, aus denen sich der Urhund entwickelt hat. Die Gutmütigen, Unterwürfigen, die stammen vom Goldschakal ab, die Dominanten vom Wolf", brillierte sie.

„Der gute alte Lorenz! Ist schon ein paar Jahre her, wie soll ich sagen, ein wenig überholt. Ich hab ein Buch, das schick ich dir. Dr. Sowieso, fällt mir grad nicht ein, der ist der neue Experte auf dem Gebiet", Paula lachte auf, „der hätte vor ein paar Jahren fast die italienische Nation gespalten, wenns denn da noch was zu spalten gäbe! Er hat in den Abruzzen Wölfe ausgewildert und sofort hatte das Märchen von den sieben Geißlein wieder Hochkonjunktur. Der hat ein Buch über die Entwicklungsgeschichte des Hundes geschrieben, das kriegst du von mir."

Autsch.

Sigi grummelte innerlich kurz über Schorsch und Gerda, die ihr diesen alten Schinken angedreht hatten, und darüber, dass sie Büchern und Nobelpreisträgern blind immer alles glaubte.

Paula war weg und hatte die warme Frühsommersonne mit in den Süden genommen, der Münchner Himmel troff aus trübgrauen Überzügen.

Sigis gesamtes inneres Empfinden wehrte sich mit allen Astralfasern gegen das unvermeidliche Gassi gehen, ihr

Pflicht-Ich und die beiden Bs trieben sie unerbittlich aus dem Bett.

Im Flur grinsten ihr zwei feuchte Handtuchbündel hämisch entgegen. Natürlich wieder die weißen!

Sie nahm sie auf und fetzte sie im Bad unter die Heizung. Dass er sich das nicht merken konnte! Die weißen und die gelbweißen waren für die Menschen, alle andersfarbigen, die alten, zusammengewürfelten Handtücher waren für die Hunde. Widerlicher Ignorant!

Ganze Stapel Hundehandtücher lagen parat, im Schrank, im Flur neben der Garderobe. Aber nein, er griff im Bad nach den ersten besten, die herumhingen – und sie konnte sehen, wie sie die feinen schwarzen Hundehärchen aus dem Frottee rausbekam!

Und überhaupt! Nicht nur aus den Handtüchern! Ihr ganzes Leben schien ihr voller feiner schwarzer Haarfusseln!

Pudel haaren nicht, hatten ihr mindestens drei, vier Schlaumeier erzählt. Und sie war froh gewesen über das väterliche Erbe ihrer Hunde. Bis sie gemerkt hatte, dass die Bettwäsche überzogen war mit feinen Härchen, die sich mit nichts, nein, doch, aber wirklich nur mit dem Fusselroller, entfernen ließen.

So rollerte Sigi manch ödes Stündlein; die Verursacher dieser Sisyphusarbeit lagen derweil ganz entspannt auf dem Bett, schauten zu oder schliefen.

Pudel haaren vielleicht tatsächlich nicht, aber, das mütterliche Erbe! Pekinesen haben eine überaus feine Unterwolle, fast so edel wie die Unterwolle des Alpakas, aus der man die teuersten und feinsten Wollstoffe herstellt, teilten ihr dieselben Schlaumeier auf Nachfrage mit. Das tröstete sie beim Rollern ungemein.

Und nun nicht nur die Bettwäsche, sondern zur Abwechslung auch mal wieder zwei Handtücher!

Müde Augen blickten ihr aus dem Spiegel entgegen. Der Duft von Hans-Erichs Rasierwasser stach ihr in die Nase. In letzter Zeit parfümierte er sich täglich wieder sehr ausgiebig.

Sie schnäuzte sich. Regentropfen zogen eine müde Spur über die Fensterscheibe. Sie fröstelte, zog das Rollo herunter und knipste das Licht an. Ein Tag, den man besser aussperrte, wäre es möglich.

Nach dem Duschen zog sie den alten braunen Rollkragenpulli an, den sie eigentlich hatte wegwerfen wollen, Gummistiefel und eine Schirmmütze. Regenschirm war sinnlos.

Rechts eine Leine, links eine Leine, in der Mitte den Schirm. Eine Hand zu wenig.

Zudem hatten die beiden Bs die Gewohnheit, sie beim Gehen öfters zu umkreisen, sodass sie häufig wie ein Rollschinken in die Leinen gewickelt war, was auch ohne Schirm zu den seltsamsten Verrenkungen führte, bis sie sich wieder entwirrt hatte.

Sigi fluchte leise vor sich hin.

Abartigerweise liebten Baci und Bella nasskaltes Wetter. Es brachte ihre Säfte in Wallung, sie waren übermütig, quietschfidel, die Lebensfreude brach aus allen Poren. Sie rauften und scherzten, fetzten durch Pfützen, forderten einander ununterbrochen, Brust und Vorderpfoten flach in den schlammigen Boden gedrückt, das Hinterteil nach oben gereckt, zum Spielen auf. Und gehorchten noch weniger als sonst.

Ein Liebesanfall packte Sigi.

Heiß und verzweifelt stieg die Sehnsucht nach ihrem Zwergerl in ihr auf. Seit einem Jahr war er tot. Was war das für ein Hund gewesen!

Immer hatte er Blickkontakt mit ihr gesucht, geprüft, was sie, sein Frauchen, von ihm wollte. Rücksichtsvoll und voller Liebe! Ganz anders als die beiden wilden Hummeln, denen sie so ganz egal war. Die sie buchstäblich im Regen stehen ließen. Und außerdem hatte er nasses Wetter gehasst.

Bei der Tür raus, ein kurzer Blick auf das Wetter, rasch bis zur Hausecke gesaust, die Blase in einem Strahl entleert, bei Bedarf auch noch ein Kümmelstück abgelegt und flutsch, wieder zurück an der Haustüre.

War ein Hausbewohner oder gar der Hausmeister zu sehen, hatte ihn Sigi blitzschnell angeleint und auf die andere Straßenseite zur Verrichtung der Notdurft gezerrt. Dabei war er manchmal mit einer geschickten Drehbewegung aus dem Halsband geschlüpft und hatte doch dort verrichtet, wo sie es unter dem giftigen Blicken des Hausmeisters entfernen musste.

Sigis Mundwinkeln kräuselten sich. Naja. Manchmal war er ein richtiger Lauser gewesen, ein Schlitzohr wie jeder Dackel. Aber lieb, und unvergessen.

Sein Tod, sein Sterben, hatte ein Loch in Sigis Herz gerissen.

Sie waren auf der Alm gewesen, bei Gerda und Schorsch, ein wenig gewandert und dann vor der Hütte gesessen, geratscht, gegessen, getrunken, die Gegend angeschaut, der Dackel immer in ihrer Nähe.

Und dann kamen die Kühe, rollten donnernd den Berg herunter zur Wasserstelle hinter der Hütte. Wie eine losgelöste Urgewalt, Grasnaben lostretend, tiefe Löcher in den Almboden stampfend, walzten fünfzig, sechzig tonnenschwere Fleischberge auf die mit Stacheldraht eingezäunte Hütte zu.

Mensch und Hund waren gleichermaßen fasziniert, der Dackel lief bellend zur wilden Horde, wagte sich zu weit vor, kam fast unter die Hufe und schlüpfte in blinder Panik instinktiv gerade noch unter den schützenden Draht durch.

Sigi hatte gellend aufgeschrien, Hans-Erich war aufgesprungen, hatte das Gatter aufgerissen, sich die Hände am Stacheldraht verletzt.

Der Hund war in die Hütte geflüchtet, hatte sich unter dem Ofen verkrochen.

Hans-Erich wurde mit Jod und Pflaster versorgt, während Sigi versuchte, das zitternde Bündel mit Wurst und guten Worten aus dem Versteck zu locken.

Schreckstarr, schwer atmend, reagierte er auf nichts. Zuletzt schoben und zogen sie ihn gemeinsam mit sanfter Gewalt unter dem Ofen heraus. Äußerlich unverletzt, hechelnd, die Zunge bläulich verfärbt und völlig apathisch.

Widerstandslos ließ er sich von Hans-Erich hochnehmen und die ein, zwei Kilometer zur Straße runtertragen. Sigi setzte sich mit ihm hinten ins Auto, Hans-Erich raste durch bis München, bis zur Tierklinik am Englischen Garten.

Eine Stunde Fahrt, anderthalb Stunden Warteschleife in der Klinik, Sigi, mittlerweile ebenfalls völlig apathisch, den schwer und rasselnd atmenden Hund im Arm.

Eine Spritze, alle zwei Stunden eine Tablette geben.

Was es denn nun genau sei?

Achselzucken, schwerer Schock, vielleicht ein Infarkt. Das rasselnde Atmen, es könnte was mit der Herzklappe sein, ein Klappenriss, bei Dackel nicht so selten. Sie könnten ihn ja dalassen zur Beobachtung.

Nein, danke.

Die Form der Beobachtung war bekannt. Das Tier liegt in einem Käfig, in einem Raum mit anderen zu beobachtenden Tieren und alle zwei, drei Stunden schaute einer bei der Tür hinein und zählte nach, ob noch alle zahlenden Patienten da waren.

Sigi und Hans-Erich hatten die Nacht durchgewacht, konnten nicht schlafen.

Zwergerl wollte nicht im Bett, nicht auf der Couch, nicht im Körbchen liegen. Auf dem Boden. Stand auf, ging steifbeinig im Kreis. Röchelte. Spuckte sehr helles, wässriges Blut, wieder und wieder. Ließ sich umfallen. Stand auf, hustete aus. Schlief keine Sekunde, lag mit offenen starren Augen, als nähme er nichts mehr wahr.

Nochmal in die Tierklinik?

Sinnlos. Morgen früh bei der Tierärztin anrufen, sie ins Haus kommen lassen.

Hans-Erich machte sich morgens notdürftig fertig, sagte kein Wort, streichelte den Hund und ging zur Arbeit.

Frau Dr. Frischenhagen kam nicht, schickte ihren Vertreter. Er diagnostizierte, dass es nicht gut aussähe, gab eine weitere Spritze, schüttelte den Kopf, wies darauf hin, dass er ganztags in der Praxis sei, kassierte und ging.

Zwergerl kotzte giftgelbe Galle, röchelte, kämpfte um Luft. Sigi war erstarrt. Konnte keinen Gedanken zu Ende denken.

Der kleine Kerl blickte blicklos vor sich hin, rang nach Luft, würgte wässriges Blut aus.

Sie hielt es nicht mehr aus, nichts tun zu können.

Sie rief ein Taxi, zog sich irgendwas über, wickelte den Hund in eine Decke.

Im Stau in der Berg-am-Laim-Unterführung spürte Sigi, wie durch das Bündel in ihren Armen ein letztes Aufbäumen, ein Ruck hindurch ging. Die spürte den warmen Urin durch die Decke.

„Jetzt ist er gestorben." Sie sprach es tonlos aus, der Taxifahrer musterte sie im Rückspiegel.

Sie trug ihr Bündel in die Praxis, legte es auf den Tisch.

Betäubungsspritze, damit er sicher nichts mehr spürt, keinen Schmerz mehr.

Stumm nahm sie Abschied. Streichelte den warmen Körper, das vertraute Fell. Der Tierarzt zog die Giftspritze auf.

Sie war heim gefahren und voll angekleidet auf der Couch sitzen geblieben, bis Hans-Erich kam, sie in die Arme nahm, sie endlich weinen konnte.

In ihrem Wundsein war es ihr möglich gewesen, ihm ganz zu vertrauen, ihm von den verborgenen Ängsten, der Kälte und dem Alleinsein in ihrer Kindheit zu erzählen. Er hatte sie gehalten, gewiegt und getröstet. So behutsam, so zärtlich wie eine Mutter ihr Junges, und sie hatte sich bedingungslos angenommen und geliebt gefühlt wie nie zuvor in ihrem Leben.

Sigi schnäuzte sich energisch, sie fröstelte, der Wind war stärker geworden. Im Nacken spürte sie Feuchtigkeit, es reichte ihr. „Baci, Bella, herkommen."
Sie leinte die zwei begossenen Pudeln an, zerrte sie heimwärts. Im Flur band sie die beiden Bs an der Türklinke fest, warf ihre klatschnassen Klamotten ins Bad, fuhr sich mit dem Handtuch übers Gesicht, die Haare und frottierte anschließend die zwei schwarzen, tropfnassen Lämmer. Mit einem Hundehandtuch, versteht sich!
Anschließend fetzten zwei wahnsinnige, feuchte Flederwische durchs Wohnzimmer, den Flur, ins Schlafzimmer, Bella übers Bett, Baci unten durch, robbend wie ein Feldjäger bei der Grundausbildung. Blitzschnell verwandelten sie die einstmals stille Wohnung in ein wüstes, lebendiges Hundetollhaus.

*****

# Kapitel 4

## SUMMERTIMEBLUES:
## DURCH DICK UND DÜNN

Sigi führt Anwesenheitslisten und überlegt, ob sie der „Frauenliga gegen Wiederholungen" beitreten oder doch nur: heile, heile, Gänschen, singen soll.

Begehrlich schielte Hans-Erich auf Sigis Teller.

Sie stocherte im Essen, zerkaute endlos einen Bissen Fleisch, schnäuzte sich, zerdrückte eine Kartoffel in der Sauce, kaute endlos, wo es längst nichts mehr zu kauen gab, schob den Teller weg. Nieste, schnaubte in ihr Taschentuch: „Magst? Ich mag nicht mehr, es schmeckt alles so wäääh."

Natürlich mochte er. Lammhaxerl, geschmort mit Tomaten, Schalotten und schwarzen Oliven, aromatisiert mit Thymian und Knoblauch, abgerundet mit einem Schuss Rotwein, dazu die neuen Kartoffeln, in der Schale mit etwas Butter und Olivenöl im Rohr gebacken. Mmmm, das konnte er doch nicht verkommen lassen. Sowas wegzuwerfen wäre eine Sünde.

Er nahm ihren Teller, „du schaust müde aus", und wandte sich mit Lust dem Essen zu.

„Ich fühl mich auch gar nicht gut, mir tut alles weh." Sie wischte sich den Mund nochmal ab. „Ich leg mich hin. Mach mir nur noch einen Tee und geh dann ins Bett."

Die Hunde tippelten hinter ihr her.

Er hörte sie in der Küche hantieren.

Hoffentlich wusch sie vorher noch die Töpfe ab. Er mochte es gar nicht, wenn er in der Früh in die Küche kam und das benutzte Geschirr vom Vorabend stand noch da, inklusive Essensgeruch in der Luft. Das verhagelte ihm den Morgenkaffee, da trank er ihn lieber erst im Geschäft. Kam aber Gott sei Dank recht selten vor.

Er stapelte die Teller aufeinander, Besteck und Servietten drauf, und stellte alles in der Küche auf die Arbeitsfläche über dem Geschirrspüler, registrierte kurz das Durcheinander von Holzbrettern, Messern, Schälchen und Töpfen, ging verstimmt ins Wohnzimmer zurück und schaltete den Fernseher an.

Sigi musste kurz weggenickt sein, der Tee war eine lauwarme Brühe. Sie atmete durch den offenen Mund, fühlte sich kreuzelend. Bella lag eingerollt auf Hans-Erichs Bettseite, Baci jammerte leise unterm Bett. Blöder Hund! Tut, was ihr der andere Hund auf geheimnisvolle Weise befiehlt, und jammert dann!

Sie duselte wieder weg, ein leiser Pfiff weckte sie erneut auf. Bella sprang vom Bett, die Matratze dopste.

Sie hörte Hans-Erich im Flur mit den Leinen hantieren, die Tür ins Schloss fallen.

Ruhe, endlich Ruhe! Hoffentlich ein langes, langes Gassi, am besten bis morgen in der Früh oder noch länger. Ruhe, endlich Ruhe haben. Sie waren alle so lästig. Schon allein die Anwesenheit. Nein, bereits der Gedanke an ihre Drei, an die Geräusche, die sie alle machten. Sich hineinfallen lassen in ein warmes, weiches, tiefes Nest und erst wieder auftauchen, wenn sie bereit war, Anwesenheiten zu ertragen!

Vertraute, unvermeidliche Geräusche zogen sie in die Wirklichkeit zurück.

„Jetzt noch das Pfoti, bleib halt da, hörts auf zum Raufen, jaja, du kommst auch gleich dran."

Hoffentlich nicht wieder ein weißes Handtuch! Sie hob den Kopf, fiel zurück. Ach, egal. Sie war nicht mehr verantwortlich, sie war so schwach, so elend, sie würde ohnehin bald sterben. Ein Schluchzer entrang sich ihrer Kehle, Tränen netzten ihre brennenden Augen.

Die angelehnte Schlafzimmertür wuschte mit Schwung auf, zwei Säcke plumpsten auf die Matratze, und zwei feuchte Derwische tanzten um sie herum.

Tränenblind suchte sie nach Taschentüchern, Hans-Erich hielt ihr die Packung hin. „Dir gehts ja wirklich miserabel, armer Schatz. Ich mach dir einen ordentlichen Grog. Hast schon ein Aspirin genommen?"

„Und die Wärmflasche", heulte sie ins Taschentuch.

Bella hatte sich auf Sigis Beinen niedergelassen, maulte und giftete Baci an, die versuchte, sich unter die Bettdecke zu wühlen.

„Runter!", krächzte Sigi.

Die Derwische tanzten noch eine Strophe.

Fieberphantasien geisterten durch ihr Gehirn.

Morgen, ja, sofort morgen würde sie einen Brief schreiben, ans Fernsehen, an alle Leute, die immer wieder zeigten und sagten, wie sensibel und rücksichtsvoll der älteste Freund des Menschen sei. Falsch, würde sie schreiben, absolut falsch!

Hier, genau hier, auf diese Situation gehörte eine Kamera gehalten, damit es die Welt, diese ganzen kindischen Märchenerzähler, endlich einmal sahen, endlich einmal kapierten, wie diese vierbeinigen Menschenbesitzer wirklich zu ihren todkranken Weggefährten standen! Sie scherten sich einen Dreck um die Befindlichkeit ihres armen Menschleins!

„Runter", krächzte sie, „runter!"

Die beiden unterbrachen ihren fröhlichen Tanz, ihr Gespräch über die Vorherrschaft über das kranke Sigilein, schoben sich näher an sie, schauten interessiert in ihr Gesicht, schauten aus höchstens fünf Zentimeter Abstand.

Baci nahm eine Hautprobe. Brachte aber auch nach deren Analyse nicht die Reaktion, die sich ein armer kranker Hundehalter von seinem einfühlsamen vierbeinigen Freund erwarten durfte. Stattdessen fing sie an, sich mit Bella zu zanken, wer wo im Gesicht ablecken darf.

Abwehrend zog Sigi die Arme unter der Decke hervor, schützte ihr Gesicht. „Runter, aufhören, ihr abartigen Viecher!"

„Die wollen doch nur lieb sein, – aber vielleicht is es eh besser, wenn sie dir nicht so nah kommen, damit sie sich nicht anstecken." Hans-Erich stellte die Tasse auf dem Nachttisch ab, stopfte ihr ein Kissen ins Kreuz, reichte ihr die Tabletten, den Grog.

Sie widersprach ihm nicht, nicht mal mehr in Gedanken.

Brav ließ sie sich die Tabletten in den Mund stecken, spülte sie mit der heißen Flüssigkeit hinunter, rang nach Luft.

Sie kannte seine Grogs. Immer zu viel Rum drinnen.

Er wusste, wie man Krankheiten kuriert: inwendig mit Schnaps, äußerlich mit Gewehröl, so macht das ein Mann!

Sigi war viel zu matt um aufzubegehren, verkroch sich in die Decke und schloss die Augen ganz fest.

Hörte, spürte, wie ihr Dreigestirn endlich abzog.

*****

„Pfeiffersches Drüsenfieber, ausgelöst vom Ebstein-Barr-Virus. Hm. In Ihrem Alter vermutlich eine Wiederaktivierung. Aber wir kriegen das schon hin, Frau Rehberg. Sie sind ja jetzt nicht mehr in der gesetzlichen Krankenversicherung, mit der privaten haben wir freie Auswahl bei den Medikamenten. Die Antibiotika, die ich Ihnen verschreib, greifen meiner Erfahrung nach recht gut, bitte unbedingt zu Ende nehmen, auch wenn Sie sich schon besser fühlen, und dreimal zwei von dem Aufbaupräparat. Sie werden sehen, in ein, zwei Wochen können Sie bereits wieder Bäume ausreißen! Anfangs vielleicht nur so große", Dr. Hocke zeigte mit der Linken die Höhe eines Meters an, „aber das wird sich kontinuierlich steigern!"
Sigi erfüllte seine Erwartung, lächelte, nahm das Rezept entgegen und fühlte sich tatsächlich bereits etwas besser.
Sie hatte lange gezögert.
Wegen einer Erkältung zu Arzt?
Das war doch in den Griff zu kriegen. Ein paar der eifrig im Fernsehen beworbenen Grippemittel, keine Eskapaden, kurze Spaziergänge, warm anziehen, sich schonen, dann wird es von alleine wieder.
Von wegen.
Der Husten hatte sich hartnäckig gehalten, die Lymphdrüsen waren dick geblieben, das Schlucken tat abwechselnd rechts oder links weh, stechende Kopfschmerzen und manchmal war die Haut auf der einen oder anderen Gesichtshälfte wie wund, wie verbrannt.
Und mit ärztlicher Hilfe?
Sigi quälte sich durch Tage, die wie zäher Gummi aneinander klebten.
Müdigkeit, Abgeschlagenheit. Wochentage, Feiertage, was haben wir für einen Monat?
Das Antibiotikum schien dem Virus nichts auszumachen, es griff aber den Darm an.

Diät halten. B-Vitamine. Sie stank wie ein Ziegenbock, wie ein Scientologe.

Zweimal die Woche zum Arzt, Blutuntersuchungen, Spritzen, Gammaglobuline und was sonst noch alles frisch auf dem Markt war, Sigi war gut beschäftigt mit Herumsitzen in Wartezimmern von Fachärzten, dem Ausfüllen von Fragebögen und dem Tabletteneinnehmen vor, während und nach den Mahlzeiten.

Hans-Erich hatte sich einen neuen Standardsatz zugelegt, mit dem er sich nach ihrem Befinden erkundigte: „Na, wo tuts denn heute nicht weh?", und den Einkehrschwung über den Stammtisch wieder aufgenommen. Krank wurden nur Schwächlinge, damit konnte er nichts anfangen.

Seinen einundfünfzigsten Geburtstag feierte er Ende Juli bei einem Formel eins Rennen am Hockenheimring, zusammen mit ein paar Freunden, ein „echtes" Männerding, im Zelt, mit Hamburgern und Dosenbier.

Baci und Bella waren rücksichtslos fröhlich und voller Energie.

Als sei eine gläserne Wand zwischen ihr und dem Leben saß Sigi an warmen Tagen manchmal stundenlang auf der Bank am alten Bahndamm. Fühlte die Sonne, fühlte sich wie auf dem Grund eines Canyon sitzend, eingehüllt in dicke, unsichtbare Wattewolken, wartend, dass sich dieser Zustand irgendwie auflöste, in ein Nichts auflöste.

Leute setzten sich zu ihr, erzählten ihr Geschichten, die sie hörte und sofort wieder vergaß.

Einmal horchte sie auf. Eine rotgesichtige, fröhliche alte Frau mit störrischen weißen Haaren, die ihr nach allen Seiten abstanden, erzählte ihr, wie sie im Krieg „es gab ja kaum Medikamente" ihre Kinder mit Morgenurin durch eine schlimme, für viele tödliche, Grippewelle gebracht hatte.

Sigi fragte nach.

Und dachte nach.
Über ihr Verhältnis zu ihrem Körper: Ich habe diesen kranken Körper. Und er hat mich. Falsch. Ich bin dieser Körper. Auf Leben und Sterben eins. –
Und leben wollte sie.
Der erste Schluck wasserheller Morgenurin kostete sie große Überwindung. Und dann – es schmeckte nach nichts.
Trotzdem spülte sie den Mund und das Trinkglas mehrmals aus, sehr sorgfältig. Putzte die Zähne noch länger und noch gründlicher als sonst. Musterte sich sehr genau im Spiegel.
Was hatte sie getan?
Sie hatte etwas getan, was ihr als Kind als sehr schmutzig eingebläut worden war.
In Berührung kommen mit den eigenen Ausscheidungen, mit der eigenen Körperhaftigkeit, war eine schwere Verfehlung, auf die die ewige Verdammnis folgt! Eine Verfehlung, eine Sünde, fast so schlimm wie Kains Brudermord.
Sie spürte Wut in sich aufsteigen.
Wut auf ihre tote Mutter, deren Frömmelei, Wut auf die katholische Erziehung, den Religionsunterricht, den der Kooperator mit der bläulich roten Nase erteilt hatte, dessen Haut ebenso großporig war wie sein Umgang mit den beeindruckbaren Seelchen der Schulanfänger. Der beim Schimpfen immer gespuckt hatte, der immer geschimpft und verdammt hatte und seinen sechsjährigen Schutzbefohlenen einen zornigen, allwissenden Gott der Härte und Bestrafung ins Hirn geimpft hatte.
So gründlich, dass Sigi ihre Beziehungen zu ihrem Kindergott abgebrochen hatte. Der aber dennoch, vierzig Jahre später, immer noch kurz und bedrohlich in ihren Gehirnwindungen auftauchen konnte.
Diese Brunnenvergifter!

Sie hatte sich weitgehend freigeschwommen, glaubte an einen Gott der Liebe, einen, der das Schöne liebte und vor allem das Lachen.

Ein Gott, der beim Erschaffen der Blumen nicht wusste, wann er aufhören sollte, einer, der nicht eine rote, sondern tausende in tausend Rotabstufungen wachsen ließ, der konnte kein Erbsenzähler sein und monoton geleierte Rosenkränze mögen! Der liebte alles Lebendige, alles, was froh war, dass es lebte und den Leb-Tag feierte!

Sie lächelte sich im Spiegel zu, gab sich die Absolution.

*****

„Die alte Waage ist kaputt." Hans-Erich stellte einen Karton im Flur ab, streichelte die beiden Bs, die den üblichen lautstarken Zirkus wie sich gegenseitig wegschubsen, angeifern, den großen Mann anmaunzen, auf den Hinterbeinen sich hochstrecken – näher zu dir mein Gott? – abwickelten.
Die Waage? Das hatte sie noch gar nicht bemerkt. Derzeit lapperten ihre Hosen etwas, also hatte sie vermutlich zwei, drei Kilos weniger. Sie zuckte mit den Schultern, „hallo Schatz", probierte die Salatsauce, fand sie in Ordnung.
Der Schatz kam mit Gefolge in die Küche, küsste flüchtig seine Frau, grabschte sich ein Tomatenachtel aus der Salatschüssel, fragte mit vollem Mund: „Was gibt's denn Feines?"
„Käsespätzle."
„Schon wieder so eine Kalorienbombe. Kein Wunder, dass ich dauernd zunehm!"
Sigi sah ihm zu, wie er sich zentimeterdick Mettwurst auf ein Knäckebrot schmierte – nur ein kleiner Appetizer vorneweg – sich ein Weißbier einschenkte, sah, wie das Hemd über dem Äquator bei jedem Luftholen eine weitere Zerreißprobe bestand.
„Die neue Waage, geht die auch nur bis hundertzehn Kilo?"
„Warum? Wie meinst denn das?" Ein Krümel Knäckebrot entfloh dem sprechenden, wiederkäuenden Mund, die Hunde stürzten sich drauf, Baci gewann. „Ich hab keine hundertzehn."
„Nur so. Wenn dir die Käsespatzn zu üppig sind, isst halt nur Salat." Sigi zerzupfte die größeren Basilikumblätter, ließ sie auf die Tomaten fallen, rührte vorsichtig durch.
„Ah na, geh, das kann ich doch nicht machen, nachdem du dir schon so viel Arbeit gemacht hast."
Er verließ die Küche, sie grinste ihrem scheinheiligen Pharisäer hinterher.

„Ab morgen mach ich Diät", er legte die Gabel weg, „und trink kein Bier mehr, nur noch heißes Wasser zum Essen", und verschränkte die Arme wie ein zufriedener Buddha auf dem Bauch.

Die Auflaufform war leer gekratzt, auf seinem Teller befanden sich zwei kleine Häufchen Spätzle für die Hunde, die mit feucht glänzenden Mäulchen unter dem Tisch warteten.

„Mit Diät meinst, du isst weniger?"

„Nein. Schon richtig Diät."

„Soll ich dir was aus der Apotheke holen, Schlankheitsdrinks oder so kalorienreduzierte Fertigmenüs?"

Er stellte das Porzellan auf das Tablett, die Hunde waren aufgesprungen. „Nein. Ich will mich ja nicht vergiften. Ich will bloß abnehmen. Steaks und Salat halt."

Sigi zündete sich eine Zigarette an, blies den Rauch genussvoll aus. Er stellte ihr einen Aschenbecher hin.

Auch dieser Diät-Anfall würde vorübergehen, der Weg zum Übergewicht war gepflastert mit Diäten und guten Vorsätzen.

„Und welche Steaks? Filet oder Lende?"

„Steaks halt, oder ein Kotelett oder mal Fisch, aber ohne alles."

„Und den Salat nur mit Zitrone?"

„Natürlich nicht!" Das Besteck fiel lauf scheppernd in die Auflaufform. „Schon angemacht wie immer und eine größere Schüssel voll. Sag! Willst mich pflanzen?"

Sie lachte schallend, er schnaubte, packte das Tablett und stapfte in die Küche. Endlich kamen auch die armen Hunde zu ihrem Recht.

Sigi hörte ihn im Flur hantieren. Ratsch, die Plastikfolie, der Karton, Papier, Ruhe. Die Gebrauchsanweisung. Er kam ins Wohnzimmer, suchte in diversen Schubladen nach Batterien.

Sie rauchte noch eine weitere Zigarette, stellte die Tagesschau an, hörte ihn im Bad bohren. Eine Waage bohrt man nicht. Sie musste doch mal nachsehen.

Ein Kästchen an der Wand, zehn mal fünf Zentimeter, das zeige das Gewicht an.
„Steig mal drauf."
Sie wollte steigen.
„Nein, zuerst antippen. Schau, so", er tippte mit dem Fuß auf die Stehfläche, „jetzt kannst."
Sigi stieg. Sechsundvierzigkommasechs. Sie hatte ganz schön abgenommen, kein Wunder, dass ihr die Kleidung wie alte Lappen am Körper hing.
„Und jetzt du."
„Ich war schon."
Ach – und nochmal wiegen kostet zusätzlich?
Sigi tippte, stieg nochmal. Das gefiel ihr. Sehr praktisch, Ablesen auf Brusthöhe, sechsundvierzigkommasechs. Sie schaute zu ihm.
„Klasse, gefällt mir!"
„Mir auch. Bei der alten ist mir beim Ablesen meistens das Gewicht verrutscht."
Gewicht verrutscht?
Natürlich, er sah ja von oben nicht über den Bauch zu den Zehen, dazu hatte er sich nach vorne recken müssen, ganz weit, und irgendwo aufstützen. Sie grinsten einander an. Wogen die Baci, siebenkommadrei. Bella sträubte sich, Sigi packte fester zu, sechs Kilo geradeaus.
„Und jetzt du!"
„Ich mach Diät ab morgen, und außerdem, ich war schon."
Sigi überlegte, ob fester zupacken den gleichen Erfolg wie bei der Bella bringen könnte, gab aber der guten Laune den Vorzug.

*****

„Rehberg."
„Sigi, grüß dich, hier ist die Nadja."
Nadja? Sigi war überrascht.
Nadjas Mann war einer von Hans-Erichs Stammtischspezln, der Leiter des Münchner Modezentrums, von dem sie die Einkaufskarte hatten, die ihnen den Kauf der teuersten Markenkleidung zu halbwegs erschwinglichen Preisen ermöglichte.
„Hallo. Servus, Nadja."
„Ja, Servus, weißt, warum ich dich anruf?"
Sigi schüttelte den Kopf.
Nadja redete weiter ohne Luft zu holen. „Wir haben festgestellt, dass sich der Stammtisch in letzter Zeit sehr großer Beliebtheit erfreut, die Michi hat nachgeschaut, jetzt rat einmal, was los ist?"
Michaela ist Nadjas Schwester, verheiratet mit einem Stadtrat im Verkehrsministerium, auch ein Stammtischspezl.
„Eine neue Bedienung?" Das hat es schon öfter mal gegeben. Dann balzten alle Stammtischbrüder herum, bis einer erhört wurde und Sturm und Drang sich schlagartig wieder legten. Das letzte Mal hatte einer der Haustechniker das Rennen gewonnen, was die Stammtischler sehr erbittert hatte, wo sie doch allesamt so tolle, wenn auch meistens verheiratete, Kerle waren; da krallte die sich mit ihren extravaganten, rotlackierten Fingernägeln einen mittleren Angestellten und heiratete! Die Trinkgelder reduzierten sich schlagartig – so munkelt man – auf ein fast unanständiges Minimum.
„Nein. Ein Gast oder vielmehr Gästin! Angeblich eine Schriftstellerin, blond, klein, angeblich reich geschieden und sehr sehr schutzbedürftig."
„Wie kommt denn die an den Stammtisch?" Schau, schau! Die Diät. Der Rasierwasserduft –
„Das ist nicht die Frage! Sache ist, wie kriegen wir die wieder weg!"

Klar, dass es darum ging! Sigi grinste. Nadja hatte doch, wenn sie sich recht erinnerte, den Franz auch am Stammtisch kennengelernt. Sie war damals Chefstewardess gewesen – und jetzt seine zweite Frau.

Ganz klar, dass bei der alle Signale auf Sturm waren.

„Sollen wir uns treffen, morgen vielleicht?"

Es war nichts Außergewöhnliches, dass eine der Ehefrauen am Stammtisch auftauchte, mitgebracht wurde oder nach einem Einkaufsbummel vorbeischneite.

„Nein, heute. Ich geh heute hin. Ich hab den Willi angerufen, gesagt, ich bräuchte für den Kindergeburtstag von der Ann-Karolin ein paar Tipps. Er hat zwischen vier und sechs Luft. Stoß doch einfach zu uns." Willi ist der Chefkoch im Interconti, und in der Sandwich-Bar des Interconti steht dieser legendäre Stammtisch, der täglich von einigen der zahlreichen Stammtischler frequentiert wurde.

„Okay. Dann komm ich auch heute, bis später."

Langsam steckte sie das Telefon zurück in das Ladegerät. Einfach am Stammtisch auftauchen, ohne Verabredung, das hatte sie noch nie gemacht. Mal sehen.

Wie ernst war das zu nehmen? Die Diät. Der neue, flotte Haarschnitt bei einem neuen Friseur. Das konnte auch Zufall sein. Er war in letzter Zeit fast täglich am Stammtisch gewesen, wenn meist auch nur kurz.

Sie hatte keine unmotivierten Blumensträuße bekommen.

Was aber auch die Folge eines Lernprozesses gewesen sein konnte.

Bei der letzten Balzrunde hatte der Horst auf diese Weise seine Frau auf die Idee gebracht, etwas wäre faul im Staate Dänemark, in ihrer Ehe oder am Stammtisch.

Sigi hatte sich damals nur über ein Sträußlein freuen dürfen, Hans-Erich war wohl nicht so ernsthaft in der Gockelreihe gestanden.

Und diesmal?

Zärtliche Begegnungen – nicht mehr als an einer Hand Finger sind, seit die Hunde da waren, von ihrer Wohnung und ihrem Leben Besitz ergriffen hatten.

Sigi schaute zweifelnd in die klugen, funkelnden Augen von Bella, die zu ihren Füßen saß.

„Weißt du, was mit den Männern los ist?"

Bella nahm den Satz als Aufforderung, stand auf, spannte die Hinterläufe und sprang aus dem Stand in Sigis Arme, die sie unwillkürlich auffing.

Sie lachte warm und zärtlich, wiegte das haarige Bündel. „Na, du bist mir vielleicht eine Nummer, springt einfach, nach der Devise, wird schon gutgehen!" Sie drückte sie an sich, sofort stemmte sich Bella mit den Vorderfüßen gegen ihre Brust – Nähe ist gut, aber bitte nicht übertreiben!

Sigi setzte sich mit ihr im Arm auf die Couch neben Baci, die ruckartig aufwachte, sich auf den Bauch drehte und leise knurrte. Bella knurrte zurück, wand sich aus Sigis Armen, drängte sich zwischen Sigi und Baci und prompt war eine kleine Rauferei im Gange, die in ein Spiel mündete.

Männer waren wirklich zu lästig!

Wie die Paviane.

Kaum tauchte ein neues, begattungsfähiges Weibchen auf, gab es eine Direktschaltung Augen=Fortpflanzungsorgan und das Hirn stellte sich tot.

Und ihr Hans-Erich? Auf welcher Stufe der Evolution war er steckengeblieben, hm?

Vielleicht sollte sie daheim bleiben, was Leckeres kochen und ihn anschließend ins Bett locken? Frisch beziehen und Parfum auf die Kissen sprengen?

Nein. Dezidiert nein!

Das war entschieden nicht ihr Stil.

Sie würde nach Mittag bummeln gehen, die Kaufingerstraße rauf und runter, sich selbst mit etwas Besonderem verwöhnen und anschließend im Conti eine Kleinigkeit essen.

*****

Der Wastl nahm sie wie immer strahlend in Empfang, als sie die Sandwich-Bar betrat. Kam auf sie zu, leichter Händedruck, Bussi, Bussi. Wie geht's? Gut schaust aus! Und selber? Alle gesund, Familie, Katz und Hund?

Er geleitete sie zum Stammtisch.

In einer etwa fünfundzwanzig Quadratmeter großen Nische, durch Glasschiebetüren deutlich vom Rest der Sandwich-Bar getrennt, stand ein tresenhoher, massiver Holztisch, umstellt von zwölf hochbeinigen Barhockern mit bequemen Rückenlehnen.

In der Mitte des Tisches war ein handgeschmiedetes Stammtisch-Schild, das in Großbuchstaben signalisierte: ein Heiliger Ort, Fremder, an dem sich nur Auserwählte versammeln dürfen!

Ein Ort, hauptsächlich zum geselligen Beisammensein nach des Tages harter Arbeit, zum Pflegen alter Freundschaften, zum Abspannen und gelegentlich auch zum Flirten.

Aber auch ein Ort für geschäftliche Abmachungen und zum Austausch von wichtigen Namen, zum Schimpfen auf die Politik und die Steuern oder zum Vertuschen kleiner unvermeidlicher Affären jeglicher Art.

Neuzugänge am Stammtisch waren eher selten.

Hin und wieder wurde ein exotischer Hotelgast in der Runde geduldet, ein Fußballer, Golfer oder Tennisspieler, vorausgesetzt, das Gesicht war bekannt genug. Man war ja schließlich weltoffen, Münchner halt, aber lieber waren sie unter sich.

Nadja begrüßte Sigi mit Bussi links, Bussi rechts.

Das war neu.

Sie kannten sich, hatten auch schon übers Wetter und die Einkaufsmöglichkeiten in der Innenstadt gesprochen, waren sich aber nie näher gekommen, was nach Sigis Dafürhalten auch gerne so bleiben hätte können.

Sigi klopfte mit den Fingerknöcheln zweimal auf den Tisch, „Hallo, Servus, grüß euch", hängte ihre lackglänzenden Einkaufstüten auf die Lehne und hievte sich auf den Hocker, „Wastl, bringst mir bitte einen Kaffee."

Holger, der Residenz-Manager, im Gespräch mit Thorsten, dem Bankettdirektor und Albert, dem Gärtnereibesitzer, der das Interconti mit Pflanzen und Gestecken belieferte.

Sie hatten ihre Konferenz kurz unterbrochen, gewinkt: Hallo, geht's gut, schön, dich zu sehen, entschuldige, wir müssen noch was besprechen.

Höflich wie immer.

Dennoch verließ Sigi nie so ganz das Gefühl, dass Frauen, zumindest Ehefrauen, am Stammtisch nur geduldet waren, als Garnierungen oder als unvermeidliche Schicksalsprüfungen.

Nadja spulte den Alibi-Text ab, der Sigi ungut aufstieß.

Sie war froh, als Willi endlich auftauchte und Nadja mit ihm an ihrer Ausrede weiterstrickte.

Sie waren da und basta, verdammt! Ärgerlich rührte sie in ihrer Tasse, ließ sich von Thorsten Feuer geben. Hier durfte auch noch geraucht werden, dieser Bereich befand sich jenseits aller Gerichtsbarkeiten, zumindest konnte es einen so anmuten.

Nach und nach lief die Alltagsbesetzung ein. Fredi, der Busunternehmer, Dieter, der Zahnarzt, Richard, der Reiseveranstalter, Karl-Heinz, der Messebauer, Christian, der Stadtrat.

Alles gute Spezln, die sich gegenseitig immer wieder mal dienlich waren.

Die anwesenden Damen wurden mit Handschlag, Handkuss oder Umarmung begrüßt, der Rest mit Tischklopfen.

Und dann kam sie.

Völlig unspektakulär.

Kein sichtbarer Ruck ging durch die Männerwelt.

Lediglich Nadja ruckte und zwinkerte mit dem ganzen Gesicht, um Sigi aufmerksam zu machen. Blöde Kuh!

Sie war ja nicht blind.

Sie hatte sich schon so gesetzt, dass sie den Nischeneingang gut im Augenwinkel hatte.

Sigi wandte leicht den Kopf, musterte kühl und ungeniert den Neuzugang.

Schmal, höchstens so groß wie sie selber, also einssechzig oder knapp darüber, ärmelloses, beiges Leinenkleid, die passende Jacke lässig über die Schultern gehängt, flache Schuhe. Mittelblondes Haar mit hellen Strähnchen, locker aus der Stirn gekämmt und – direkt hinter ihr stand Hans-Erich.

Sigi spürte einen kleinen Stich in der Lebergegend.

Kamen die zusammen oder trafen sie nur gleichzeitig ein?

Hans-Erich schaute kurz sehr erstaunt, dann zog ein Lächeln auf sein Gesicht. Er freute sich offensichtlich, sie so unerwartet zu sehen.

Sigi entspannte sich.

„Hallo Schatz", er schmatzte einen feuchten Kuss auf ihre Backe. Handbewegung, „das ist die Marietta, Nachnamen weiß ich nicht, Sigi, meine Frau." Sie reichten einander die Hand.

„Wesselhoff, Marietta Wesselhoff. Sigi von Sieglinde oder Sigrid?"

Wie bitte? Wollte die sich anbiedern oder was?

„Einfach Sigi", sie wandte sich ab, ließ die Andere einfach stehen, und nahm ihren Mann in Beschlag, „na, überrascht?"

„Eigentlich nicht. Ich hab zweimal angerufen, da hab ich mir schon sowas gedacht. Und", er fingerte an ihren Tüten, „eine Krawatte für mich dabei?" Sie grinsten beide über den vertrauten Witz. „Nein. Keine Ausrede gekauft. Nur ein paar Kleinigkeiten, Bücher und so."

Debbie, die Bedienung, stellte unaufgefordert ein dunkles Sportlerweizen vor Hans-Erich.
„Einen Sommerspritzer bitte." Das war Marietta. Sie stand schräg gegenüber im Pulk. Stand natürlich. Unterstrich damit ihre Zierlichkeit, ihre Schutzbedürftigkeit. Alle männlichen Wesen überragten sie mindestens um einen halben Kopf. Durch die Bestellung eines „Sommerspritzer" demonstrierte sie, wie gut sie bereits am Stammtisch etabliert war. In Bayern nennt man die Mischung aus Wein und Mineralwasser gemeinhin eine Schorle, am Stammtisch hatte sich die österreichische Bezeichnung „Gspritzter" oder „Spritzer" eingebürgert, und die abgeschwächte Variante mit wenig Wein führte zusätzlich den Sommer im Namen.
Sigi beobachtete unauffällig, sehr wach, die Szenerie, während ihr Hans-Erich heutige Geschäftsvorfälle detailliert aufzählte. Das tat er immer wieder und besonders gern und umfangreich, wenn sie in Gesellschaft waren, um Sigis Aufmerksamkeit an seine Person zu binden. Sie gönnte ihm etwa vierzig Prozent, simulierte aktives Zuhören mit ja, ja wirklich, nein tatsächlich, wie interessant, mit den restlichen sechzig Prozent horchte sie den anderen Gesprächen zu.
Das Grüppchen um Marietta lachte häufig, Sigi fand es ärgerlich, dass sie kaum ein paar Wortfetzen mitkriegte.
Franz, Nadjas Mann kam, grüßte mit Hallo, fragte seine Gattin ab; sie zupfte besitzanzeigend an seiner Jacke, entfernte unsichtbare Härchen.
Marietta las Thorsten aus der Hand.
Wie Hofschranzen um die Königin standen die restlichen altgedienten Ehekrüppelchen mit geöffneter Handfläche da, versuchten ihre interessanten Linien durch Zwischenfragen ins Gespräch zu bringen.
Hans-Erich erzählte ihr die x-te Wiederholung eines immer wiederkehrenden Geschäftsvorfalles, die öde Geschichte von einem unbekannten Nichtkunden, der ohne bankübliche Kre-

ditkarte ein hochkarätiges Auto hatte mieten wollen. Er spürte Sigis geistige Absenz, wandte sich ihren Einkaufstüten zu.

Sie lauschte derweil Mariettas prophetischen Deutungen, soweit in der Distanz eben möglich, und bemerkte Hans-Erichs Aktivitäten erst, als er den neuen Spitzenbody von La Perla in die Luft hielt, eine verführerische Symphonie in königsblauer Seide. „Hoppala. Das ist ja gar keine Bluse." Er wollte das Dessous wieder wegpacken, Uwe war schneller, grapschte das Seidengespinst und ließ es über dem Stammtisch wehen. „Ausgeflaggt is!", rief er lachend, „da, schauts her, ausgeflaggt!"
„Hej, sowas trägt deine Frau?" „Aber hallo!" „Du bist vielleicht ein Dackel!" „Sigi, Sigi!"

Die gesamte Aufmerksamkeit der Versammlung richtete sich auf das sparsame, sündteure Stückchen Stoff. Ein Hauch Erotik lag plötzlich greifbar in der Luft.

Sigi spürte, wie ihr warm die Röte ins Gesicht kroch, war darüber verärgert.

„Jetzt gib schon her, du Kindskopf!"

Mit einem theatralisch tiefen Blick reichte ihr Uwe den Body, öffnete den Mund, um etwas zu sagen. „Schlucks runter!", fuhr sie ihn an.

Hans-Erich nahm ihm das edle Spitzenteil aus der Hand, faltete es sorgfältig, „halt dich raus aus unserem Liebesleben!", und küsste besitzerstolz seine Frau.

Marietta sandte einen langen, wissenden Blick zu Sigi, in ihren Mundwinkeln saß ein kleines Kräuseln.

Sigi lächelte offen zurück. Zufallstor. Gut getimt!

Sie war sich nicht sicher, ob sie diese neue Bienenkönigin mochte; sie war sich aber ziemlich sicher, dass ihr Hans-Erich wenig Ambitionen hatte, bei dieser Balzrunde eine Feder zu spreizen, oder?

*****

# Kapitel 5

## ROLLENVERTEILUNG:
## NEUER WEIN + ALTE LIEBE

Pinguine tragen Frack + Steine, Ehemänner tragen Gepäck + Verantwortung, Herzdamen Brillantohrringe von Wempe + sonst nichts, manchmal.

Es war ein blitzblanker Tag, die Konturen der Landschaft waren scharf in die klare Luft unter dem postkartenblauen Himmel gezeichnet, Birke und Ahorn tauschten Sommergrün gegen Gold und Herbstrot aus.
Sigis Laune strahlte mit der Farbenpracht um die Wette, sie fühlte sich glänzend und stark und gesund, die Medikamente oder ihre Selbsttherapie mit Morgenurin oder der Glaube daran hatten wunderbar angeschlagen.
Sie waren auf der Fahrt in die Wachau, ihre erste Urlaubsreise mit den zwei Bs, die brav auf dem Rücksitz dösten. Im Stau am Chiemsee hatten sie gemütlich im Auto die mitgebrachten Wurstsemmeln verzehrt, zwischen Salzburg und Linz meldete sich Hans-Erichs Verdauungstrakt.
Sie steuerten den nächsten Parkplatz an. Hans-Erich suchte die Toilette auf, Sigi übernahm die Aufgabe, eine geeignete Hundetoilette zu finden.
Ein kleines Wäldchen hinter dem Parkplatz bot sich an.
Wie immer, waren die Meinungen darüber geteilt. Kaum spürten die beiden Bs ein Grasbüschel unter den Beinchen, nahmen sie ihre Pinkelhocke ein und machten ein Pfützchen, direkt neben den Mistkübeln, unter den missbilligenden Blicken eines Ehepaares, das drei volle Mülltüten aus ihrem Auto geholt hatte, um sie hier zu entsorgen.
Sigi zerrte an den Leinen. Unwillig, langsam, jeden Zentimeter akribisch untersuchend, arbeiteten sie sich in Richtung Wäldchen vorwärts. Verdächtig aussehende, matschige Häufchen, garniert mit Servietten oder Papierknäuel, begegneten ihnen hinter jedem Bäumchen, jedem Gebüsch. Pro Quadratmeter mindestens ein Verdauungsergebnis. Jedes Hundehäufchen erregt Menschenmengen, und selber? Selber mieden und meiden sie die Errungenschaften der menschlichen Zivilisation, um wie einst der Homo Heidelbergensis in freier Wildbahn das Revier zu markieren: FX Maier-Müller was here!

Sigi zerrte die Hunde weg, die Hunde zerrten zu jeder Hinterlassenschaft hin, machten aber keinerlei Anzeichen, selbst eine derartige Hinterlassung zu verrichten. Sigi gab auf.

Hans-Erich wartete bereits beim Auto, seine Meinung über die Toilette stand ihm ins Gesicht geschrieben.

Sie boten den Hunden Wasser an, verstauten sie im Auto und, fest entschlossen, gut gelaunt zu sein, lästerten und witzelten sie auf der Weiterfahrt über die Sch...gepflogenheiten des modernen Homo Reisensis.

Bei Ybbs verließen sie die Autobahn, fuhren die Donau entlang, bewunderten die zahlreichen Burgruinen und hielten latent Ausschau nach einem grünen Plätzchen zum Gassi gehen. Gepflasterte Parkbuchten am Straßenrand, Wege, die ans Wasser führten, Sand und Steine – kein Grashalm weit und breit.

Bella begann unruhig zu maunzen.

Ein Freizeitgelände – ungeeignet.

Bepflanzte Grünstreifen vor Gasthöfen – indiskutabel.

Baci stimmte in Bellas Gejammere ein, Winselkonzert von den Hinterbänken.

Weg von den Hauptverkehrsstraßen, ins Hinterland, aber wo.

„Fahr halt irgendwo nach links, wo es geht! Dort! Da vorn!"

„Geht net. Da komm ich nie rüber bei dem Gegenverkehr, und hinter mir die Kolone!"

Abzweigung vorbei.

„Ich nehm die nächste."

Sigi presste die Lippen fest aufeinander.

Die Straße verbreiterte sich, eine Ampel, ein Linksabbiegerspur, direkt hinein nach Dürnstein. Hans-Erich grinste erleichtert.

Falsch eingeordnet. Er hätte halblinks fahren sollen. Sie landeten auf einem großen Parkplatz. Menschenmassen. Völkerwanderung.

Busse mit Amerikanern, mit Japanern, mit Europäern aus allen Himmelsrichtungen.
Im Schritttempo kurvte Hans-Erich über den Parkplatz, die Anweisungen der Parkwärter ignorierend.
Das mochten die gar nicht, die österreichischen Parkwärter.
Einer rannte dem Auto hinterher, klopfte mit der Faust ans Fenster.
Das wiederum mochten die Hunde und Hans-Erich nicht.
Das Winselkonzert war in wütendes Gebell übergegangen, Hans-Erich ließ das Fenster herunter und warf seine besten Schimpfwörter in die Richtung des zurückgewichenen Wichtigtuers, der sogleich den Ernst der Situation erkannte, beziehungsweise den Herrn am Steuer als befehlsgewohnte Autoritätsperson einordnete und, geübt im Obrigkeits- und Untertanendenken, die Hinterbacken zusammenkniff, mit beiden Armen beschwichtigend gestikulierte und den Rückzug antrat: sollte der doch parken wo er wollte!
Sigi nahm die Fäuste von den Ohren, das Inferno brandete ab und ging erneut in ein Winseln über.
Hans-Erich parkte sehr gekonnt in eine schmale Lücke zwischen zwei Doppeldeckern, ein Busfahrer rief ihm auf englisch was zu, er winkte ab. Diese fünf Minuten würde das schon gehen!
Die Hunde wurden angeleint, aus dem Auto gehoben und auf das Stoppelfeld neben dem Parkplatz geführt, wo sie auch prompt ihrem Drang nachgaben.
Sigi war schweißgebadet, hungrig und musste ebenfalls aufs Klo.
Später.
Nein, gleich, oder bald zumindest!
Vom Parkplatz runter, die Ausfahrt hinten, zahlen und über die Donau. Das andere Ufer sah ohnehin viel grüner aus. Vielleicht auch weniger Touristen.

Krems. Nein. Das klang zu sehr nach Andenkenläden und Weinverschnitt.

Weiter. Nächstes Dorf. Vor dem einzigen Gasthof, den sie von der Straße aus sehen konnten, standen zwei Busse.

Zu überlaufen. Nichts für Individualisten.

Weiter, den Leitplanken entlang.

Rechts und links grüne Wiesen mit Obstbaumreihen. Keine Parkmöglichkeiten. Außerdem, alles offensichtlich Privatbesitz, da geht man nicht drauf spazieren oder gar sonstiges; auch war der Autobahn-Parkplatz mit seinen Hinterlassenschaften noch zu frisch in der Erinnerung.

Ins Hinterland? Geradeaus weiter? Zurück? Oder nach rechts, wieder über die Donau?

Ja. Nach Spitz.

Da, da rechts ist eine Grünanlage, etwas verwildert, mit einzelnen parkenden Autos! Und der Hinweis auf ein Beisl, was auch immer das sein mochte.

Zu spät gesehen.

Sigi wurde energisch: „Dann drehst halt um!"

„Wo? – Ununterbrochen Gegenverkehr und hinter mir die ganzen Autos!"

„Mir wurscht! Die nächste links, und wenn die hinter uns bis München stauen! Meine Blase ist zum Platzen voll, verdammt!"

Sie bekam Unterstützung vom Unterhaus. Die beiden Bs rochen ihre Chance, dem fahrbaren Blechkäfig zu entkommen, sie maunzten und gauzten wie ein ganzes Rudel.

Bremsen, Blinker raus.

Kolonne von vorne, Gehupe von hinten.

„Das ist sinnlos, wir kommen da nie rüber, vielleicht sollten wir ..."

Sigi war wild entschlossen.

In der Stimmung wäre sie fähig, die Weltkugel in der Drehung aufzuhalten.

„Und wie wir rüberkommen, verstehst du, ich will, und es muss!"

Mit hochrotem Gesicht und fuchtelnden Händen turnte sie vor der Windschutzscheibe.

Die entgegenkommenden Fahrer wurden aufmerksam, langsamer.

Ein BMW-Fahrer las in Hans-Erichs Gesicht die Anzeichen einer ihm vielleicht auch bekannten Krisensituation – und stoppte.

Sie bogen ab, wendeten in einer Einfahrt, fädelten problemlos retour in den Strom, bogen links ab wie geschmiert und hielten auf dem gekiesten Parkplatz.

Aufatmend stellte Hans-Erich den Motor ab, lehnte sich zurück.

Sigi schnappte ihr Handtäschchen, musterte ihn mit einem rasiermesserscharfen Blick, ignorierte das Tohuwabohu auf den Hintersitzen, stieg aus und stakste auf die Gasthausbaracke zu.

Woran lag das nur?

Nie fanden sie ein schönes Plätzchen, bei dem auf Anhieb alles stimmte. Waren ihre Ansprüche zu hoch?

Sie wollten doch nur ein gemütliches Lokal mit feinem Essen und zivilen Preisen, ein paar Meter Auslauf für die Hunde und saubere Toiletten.

Sie eilte durch die Tische, orientierte sich kurz im Lokal, übersah geflissentlich den Kellner, der sie angesprochen hatte.

Sie hatte die zwei Nullen mit Pfeil durch bereits entdeckt. Das mit schlammgrüner, abwaschbarer Farbe gestrichene Örtchen lud nicht gerade zu einem längeren Aufenthalt ein, aber glücklicherweise waren genügend umweltschutzengelgraue Rollen vorhanden. Keine Seife, keine Handtücher. Sigi trocknet sich die Hände in Umweltgrau. Zurück an der frischen Luft setzte sie sich an den nächstbesten freien Tisch, suchte den Horizont vergeblich nach ihrem Triumvirat ab, bestellte ein Viertel neuen Wein und eine Speckjause.

War das Auto überhaupt noch da? Sigi war sich nicht sicher.

Mit welchem sind sie denn überhaupt gefahren? Irgendwas in dunkelblau oder dunkelgrau. Seine blöde Gewohnheit, für längere Fahrten Partnermietfahrzeuge zu nehmen, weil es da nicht auf die Kilometer ankam, bei den eigenen schon, weil jeder gefahrene Kilometer den Wiederverkaufswert minderte.

Piep-egal, wo die Drei jetzt waren und wenn auch auf dem Weg nach München! Sie brauchte jetzt eine Pause, ein kaltes Getränk, durchatmen.

Außerdem waren die Kreditkarten und alle Papiere in ihrer Handtasche.

Der Wein war trüb und feinsäuerlich, Sigi hatte den Mündungsrand sorgfältig abgewischt, der Speck nicht zu fett und mild aromatisch, das Besteck hatte sie auch mit der Serviette nachgewischt, das Brot roch würzig und hatte eine knusprige Kruste.

Sie spürte die Sonne, den leichten Wind, der den großen Nussbaum zauselte.

Und Hans-Erich tauchte zwischen den Büschen am Donauufer auf.

„Da, ist der net schön?", er nestelte mühsam einen Stein aus der Jeanstasche.

Doch, der war wirklich schön.

Rosa, schwarz und weiß gesprenkelt, glatt und flach, lag er angenehm kühl in ihrer Hand.

Ein Lächeln nistete sich in ihre Mundwinkel.

Sie erinnerte sich an einen Zoobesuch vor ein paar Jahren. Aprilwetter, Sonne, Regen, Graupel, Wind und Sonne. Sie hatten die Pinguine beobachtet.

Die Männchen tauchten, suchten nach Steinen. Brachten einen zum auserwählten Weibchen. Die so Umworbene begutachtete, fand etwas auszusetzen, schwuppte den Stein zurück in die Fluten.

Das Männchen tauchte ab, brachte den nächsten Stein. Der Vorgang wiederholte sich, bis der fünfte oder sechste Stein Gnade vor ihren Augen fand. Diesen Stein trug sie in ihr Nest, und er war zufrieden und müde hinter ihr her gewatschelt.

Hans-Erich hatte ihr Lächeln registriert, „Hellabrunn", sagte er.

Sigi wickelte den Stein in ihre Serviette und verstaute ihn in einem Seitenfach der Handtasche.

Sie beschlossen, die erste Nacht in Dürnstein zu übernachten, da wusste er schließlich schon, wo er nicht fahren durfte, um nicht wesentlich verkehrt zu landen.

Morgen würde man weiter sehen.

*****

Die erste Wahl fiel auf das Schlosshotel.

Marzipanrosa und über und über verziert mit weißen Zuckergussschnörkeln wie eine Hochzeitstorte stand es am Ende einer gekiesten Auffahrt.

Hans-Erich kam mit der Botschaft zurück: „Ausverkauft. Die ganze Wachau ist angeblich ausverkauft, wie alljährlich zur Lesezeit."

Dass auch immer zur selben Zeit ganze Heerscharen blöder Touristen dieselbe gute Idee wie sie haben mussten!

„Wir probieren es noch im Löwenstein, wenn die nichts mehr haben, fahren wir nach Wien, ins Conti", Hans-Erich war sehr selbstsicher.

„Herz. Löwen-herz."

Er ließ den Wagen bergab rollen, „auch recht, ist doch wurscht."

„Naja, nicht ganz vielleicht. Der Löwenherz war ein englischer König, den die Österreicher jahrelang in Geiselhaft hatten, bis die Engländer zahlt haben!"

„Ach, der war des. Auch eine Methode, Geld zu verdienen. Hoffentlich haben sich die landesüblichen Sitten inzwischen gebessert!"

Er parkte, ging in das Hotel.

Sigi beruhigte die Gauzer auf der Hinterbank mit ein paar Biskuits, musterte das große Gebäude, das mit der alten Festungsmauer verschmolz. Es gefiel ihr. Breit und einladend versprach es Schutz zur guten Nacht.

„Ja, sie haben noch ein Doppelzimmer, das sie zwar nicht so gern vermieten, nur in so Notzeiten wie der Lesezeit, – was auch immer das heißen mag – wir können es uns anschauen."

Sigi leinte die Hunde an, die Dame vom Empfang stand mit dem Schlüssel in der Hand hinter der Tür. „Grüß Gott, gnädige Frau, ach, sind das liebe Hunderl", sie ging voraus.

Sigi registrierte die breite, mit rotem Teppich belegte Steintreppe, die dunklen Holztäfelungen, glitzernde Kristalllüster, Ritterrüstungen und Blumenarrangements, an denen sie vorbei in den ersten Stock geleitet wurden.

„Nach links bitte. Sie können von Glück sagen, dass das Zimmer noch frei ist, wahrscheinlich das letzte in der ganzen Wachau."

Einen schmalen Gang, den roten Läufer entlang, eine steilere, wesentlich schmälere Treppe hoch, ebenfalls in Rot belegt; Drucke an den Wänden.

„Bitte hier entlang."

Um die Ecke, ein ehemals grüner, stellenweise durchgetretener Teppich auf knarzendem Holzboden, gelb getünchte Wände, an der Decke entlang laufende Leitungsrohre, die sich stellenweise vom Putz befreit hatten.

„Gleich sind wir da. Das Zimmer hat selbstverständlich Dusche und separate Toilette. So, noch die drei Stufen!"

Sie sperrte auf, ganz geschäftig, redete und redete, ihr Atem pfiff wie ein Dampfkessel.

„Hier die Dusche, da das WC, und das ist das Zimmer."

Vier Meter lang, drei Meter breit und fünf Meter hoch. Links ein schmales Bett, rechts ein mit rotem Samt bezogenes Sofa, geradeaus eine Luke, unter der ein Tisch mit Stühlchen an der Wand klebte.

Es roch muffig.

Sie öffnete das Fenster. „Das Sofa ist aufklappbar, ich schicke gleich jemanden, der es zurechtmacht. Wollen Sie das Zimmer haben?"

Sigi schaute Hans-Erich zweifelnd an. Weitersuchen? Vielleicht war das Gras woanders grüner, aber was, wenn alles eingezäunt war? Sie zuckte mit den Schultern, „weiß nicht, sag du."

„Unsere Küche ist weit über die Wachau hinaus bekannt, bis zehn gibt es warmes Essen. Auf die Terrasse dürfen die Hunderl auch mit."

Natürlich, Essen! Ein Blick auf Hans-Erichs erhabene Mitte hatte ihr genügt, den richtigen Köder zu finden.

„Ja, wir nehmen es. Kann sich jemand um das Gepäck kümmern?" Er hielt ihr den Autoschlüssel hin. „Der dunkelgraue große Audi mit dem Münchner Kennzeichen. Und wo ist die Terrasse?"

Sie nahm den Chip, ging voraus, treppab, Hans-Erich folgte ihr; sie würde alles in die Wege leiten, nach dem Essen wäre alles bereits in die Schränke geräumt.

Sigi folgt mit den beiden Bs. Sie wollte abwinken, sie hatte nicht vor, mehr als die eine Nacht im Schuhkarton zu verbringen.

„Dort drüben gehts ins Restaurant und von dort auf die Terrasse, zahlen Sie bar oder mit Karte?"

„Wollen Sie Visa, Eurocard oder die Amex?" Hans-Erich war blind und taub für die Gesten seiner Frau, er wollte an die Fleischtöpfe.

Der Abend war lau, das Publikum elegant, das Essen zwischen Ikebana auf dem Teller und Selchbraten mit Knödel und Kraut. Einen goldmedaillenprämierten Marillenbrand zum Abschluss, und die Frage, wo kann man hier noch ein wenig mit den Hunden spazieren gehen?

Auf der einzigen nicht eingezäunten Grünfläche trafen sie ein halbes Dutzend Leidensgenossen, die ebenfalls ihre Vierbeiner zu einer raschen Verrichtung animierten, hörten Fluchen, wenn einer in ein Häufchen getreten war, traten und fluchten selber. Wischten mit Papiertaschentüchern ihre Schuhe sauber, und hatten keine Tücher mehr, die Hinterlassenschaften der beiden Bs zu entsorgen. Das konnten sich dann andere Hundehalter von den Schuhen wischen, falls sie Tücher dabei hatten.

„Weißt du unsere Zimmernummer?"
Sigi kicherte. „Wir verlangen einfach das Dienstbotenzimmer! Und eine Flasche Champagner, um die Härte der getrennten Betten etwas abzumildern."
Sie bekamen den Schlüssel für Zimmer 400, warteten auf den Champagner, den sie bitte selbst mitnehmen müssten, weil man nicht bei allen Zimmern Zimmerservice inkludiert hatte. Einleuchtend. Auf dem Weg zu Zimmer 400 würde sich so mancher Ober verlaufen, danach eine Woche Muskelkater haben und von seinem Dienstherrn eine Kilometerpauschale verlangen.
Kichernd stiegen sie die Treppen, den Gang entlang, um die Ecke, um die Ecke, die Stiege hoch, den Rohren folgen, nur mehr drei Stufen.
Die Bettendecken waren zurückgeschlagen, das Schlafshirt, der Pyjama, dekorativ hingefaltet, Baci und Bella nahmen die Einladung an, sprangen auf das niedrigere, breitere, blütenweißere Wandlungssofa.
Sigis Schrei hatte die Wirkung, dass beide, nein, alle drei, erstaunt zu ihr hinsahen. Resigniert winkte sie ab. Wurscht. Zu spät.
Niedliche grauschwarze Pfotenabdrücke. Egal. Neues Muster! Hundehandtücher?
„Wo sind unsre Sachen?"
„Wo sind die Schränke?"
Sie sprachen gleichzeitig, suchten mit Blicken das hohe Gemäuer ab.
Zur Tür raus, Dusche links, WC rechts oder umgekehrt. Keine Schränke.
Ratlose Blicke, schweifende Blicke. Die beiden Bs blickten auch. Suchten herauszufinden, was los ist.
Hans-Erich öffnete die Tür in den Gang.

Bellend wischten die beiden Bs an seinen Beinen vorbei. Nur raus aus dem Kabuff, das die Zweibeiner so verunsicherte!

Sie fingen die Hunde im Gang wieder ein und erblickten gleichzeitig den alten schäbigen Schrank, auf dem ihre Louis-Vuitton-Koffer thronten.

„Heilandseck!" Sigi war fassungslos. Die teuren Designer-Klamotten!

„Ach was. Bis da rauf versteigt sich keiner! Trotzdem. Eine Frechheit, sowas zu vermieten!" Hans-Erich schnaubte wütend.

Sigi riss die Schranktüren auf. „Die Hundetasche. Die Hundetasche fehlt." Die Näpfe, die Handtücher, das Futter.

Hans-Erich schnaubte mehrmals wütend, räusperte sich. Die ganze Bergtour jetzt nochmals runter und rauf?

„Ich hol sie gleich morgen früh. Komm jetzt." Er nahm sanft ihren Ellenbogen.

„Und was tun wir, wenn morgen alles weg ist?", sie schaute ihn verzagt an.

„Dann lernen die was, was sie ihr Leben lang nicht vergessen werden!"

Sanft und nachdrücklich schob er seine drei Mädels in das Zimmer zurück, ließ die innere Tür auf, damit Bella ihrer selbstgefundenen Berufung als Wachhund nachkommen konnte. „Außerdem reagiert die Bella eh auf jeden Furz!"

Wohl wahr. Sigi nickte. Und wenn Bella einmal etwas überhörte, wäffte Baci kurz, fing sich einen Verweis ihrer Alpha-Hündin ein, die danach ranggemäß das Wäffen übernahm.

In dieser Situation erwies sich wieder mal, dass Untugenden durchaus auch brauchbare Seiten haben.

Den Bs wurden als spätes, improvisiertes Nachtmahl die restlichen Hundebiskuits serviert, die sich in den diversen Taschen fanden. Bella lehnte spitzmäulig ab, Baci schluckte alles kommentarlos.

Sigi opferte den einzigen Aschenbecher, nachdem die beiden das Wassersaufen aus dem Sektkühler verweigert hatten; zum Ausgleich erhielt sie ein paar Gläschen Veuve Sowieso.

Der Champagner half beim Einschlafen, die Freud war kurz, die Nacht ward lang. Wetzend versuchte Hans-Erich den Sprungfedern des altgedienten Sofas auszuweichen, rempelte dabei unabsichtlich seine Hunde an, die ihm grantige Unfreundlichkeiten zuknurrten. S-förmig verbogen suchte er einen Kompromiss nach dem anderen.

Sein ihm angetrautes Weib kämpfte derweil mit der dreigeteilten Matratze und dem Keilkissen, legte sich schließlich mit dem Kopf ans Fußende, was mehrmaliges Aufwachen mit eingeschlafenen Füßen zur Folge hatte. Am Morgen waren alle vier verkatert und zerwutzelt, hatten wenig Appetit, aber viel schlechte Laune.

Hans-Erich ging mit den Mädels Gassi, Sigi räumte die Koffer ein. Außer Atem vom Aufstieg hielt er ihr die Rechnung hin.

„Die halten eisern an ihren Traditionen fest. Das Raubrittertum hat eine weitere vorläufige Blütezeit erreicht!"

Sigi schaute nach. Hundertachtzig für die Schuhschachtel ohne Schrank, hundertzehn für den Champagner im Selbstservice, plus achtundzwanzig Euro für die Hunderln – und sie hatte die Bettwäsche extra noch abgerollt, bis das letzte schwarze Fusselhaar entfernt war!

Das Kosmetikköfferchen wie einen Schild vor sich hertragend schritt Sigi die breite Treppe abwärts, durch das Foyer, die zahllosen „Aufwiedersehn" mit einem leicht panischen Kopfschütteln beantwortend.

Hans-Erich verlangte mit lauter, autoritärer Stimme nach einem Boy, der binnen fünf Minuten das Gepäck zum Auto bringen sollte; ein unwilliger Hausbursche setzte sich schlurfend in Bewegung.

*****

Auf der Fahrt Richtung Spitz beschlossen sie, die Wachau zu verlassen, neuer Wein hin oder her, und an den Tegernsee zu fahren. Neppen lassen konnten sie sich auch von ihren Landsleuten, mit dem Nebeneffekt, dass dadurch wenigstens das heimische Bruttosozialprodukt gesteigert werden würde.

Da fiel Sigis Blick auf ein dezentes blaues Werbetäfelchen am Wegrand, „Burg Oberheinning".

„Von der hab ich im „Feinschmecker" gelesen, die will ich mir anschauen!"

Hans-Erich war nicht überzeugt, dass eine Burg das Ereignis dieses Tagen sein könnte, folgte aber den Anweisungen seiner Frau. „Da geht's rechts nach Heinning und da nach Oberheinning." Brummelnd bemerkte er, er könne auch Schilder ablesen.

Breit und mutwillig wie eine Bruthenne saß die Burg auf dem Berg, eine gekieste Anfahrt, eingesäumt von Rosenbüschen, ein Parkplatz an der äußeren Burgmauer, das schmiedeeiserne Tor einladend geöffnet. Weinranken in allen Abstufungen von hellem Orange bis dunklem Purpur griffen in die gelben Burgwände, strebten dem Turm, den Zinnen zu.

Sie schauten die innere Mauer hinab in den Burggraben, ihre Blicke folgten dem mächtigen Nussbaum, der bis zu ihnen heraufwuchs, zwei Rehe standen unten und rupften Gras.

„Das sind ja mindestens zehn Meter", Hans-Erich klang ganz andächtig.

„Die Mauer ist achteinhalb, der Baum jetzt so an die zehn Meter." Ein Mann stand hinter ihnen, auf seinen Rechen gestützt. „Thannwald. Ich bin der Kastellan hier."

„Rehberg. Wir kommen aus München."

„Ich weiß, ich habe ihr Auto gesehen. Wollen Sie nicht die Hunde holen? Die Außenbefestigungen sind lückenlos und intakt, Sie können Sie überall unbesorgt laufen lassen!" Freundliche Augen in einem von Wind und Wetter und Wein gegerbten Gesicht blickten sie auffordernd an.

„Ich zeig Ihnen die Burg, wenn Sie Interesse haben. Die offizielle Führung ist erst morgen Nachmittag, die macht eine Dame vom Wiener Denkmalschutzamt, aber wenn Sie mit mir vorlieb nehmen wollen?" Er deutete eine kleine Verbeugung an.

Sigi fühlte sich in höfische Zeiten zurückversetzt, überlegte kurz, ob sie einen Knicks machen sollte. „Das ist sehr freundlich von Ihnen."

„Ja, gern, ich hol schon mal die zwei", Hans-Erich war bereits auf dem Weg zum Auto.

Bellend, mit wippenden Ruten, fegten die zwei schwarzen Wollknäuel heran, beschnupperten die neue Bekanntschaft.

Er tätschelte zwei Köpfchen, bückte sich weit hinunter, ließ sich Bacis feuchte Freundlichkeiten gefallen. Bella trollte sich ins Gebüsch, nahm die Pinkelhocke ein. Sigi schickte ein inniges Stoßgebet gen Himmel und einen wütenden Blick zu Hans-Erich. Wie konnte er sie einfach laufen lassen.

Der Kastellan war ihrem Blick gefolgt. „Das macht doch nichts. Irgendwo müssen die halt auch. Wir hatten bis vor kurzem selber einen. Eine Dachsbracke. Seit Ostern tot." Er drehte sein Gesicht zur Seite.

Sigi spürte einen Kloß im Hals. Was war das bloß, diese Liebe, die tausendfach stattfand, zwischen diesen zwei so unterschiedlichen Gattungen? Was ist der Hund für den Menschen? Haustier, Heimtier, Nutztier? Nutztier für die Seele?

„Wie? Ja. Ja, das sind sie, die Hunde, Nutztiere für die Seele." Herr Thannwald hatte ein großes Schneuztuch aus der Kniebundhose gezogen, wischte sich über die Nase.

„Hier, über dem Eingangstor hat der jetzige Besitzer bei der Renovierung dieses wunderschöne Fresko entdeckt, im Innenhof sind weitere, dort drüben, der Turm, der gehört zu einer

Wehrkirche aus dem zwölften Jahrhundert, die ist in die Burg integriert." Er hatte sich in Bewegung gesetzt und wies mit dem Taschentuch auf die angesprochenen Punkte.

Hans-Erich studierte das Fresko, die Sonnenuhr, Sigi sammelte die Hunde ein, leinte sie an.

Der Kastellan öffnete die kleine Tür im großen, mit Stahlbändern und Rosetten verzierten Burgtor, bat mit einladender Geste in die Halle.

Eisenrüstungen, Lanzen, Hellebarden und das Wappen derer von Heinning an der Wand. Die Chronik im Schaukasten, genaue Aufzeichnungen darüber, wann Bischöfe aus Regensburg, ungarische Grafen oder bayrische Barone diesen deutsch-österreichischen Knotenpunkt in der Vergangenheit kontrolliert hatten, und nun übte ein Hotelier aus Baden bei Wien die Herrschaft über die Burg aus.

Der Kastellan führte sie in einen lichten Innenhof, führte sie in die kleine Kirche, kahl und schlicht, mit teilweise freigelegten Wandmalereien, erzählte von den Bewohnern unten im Dorf, die hier bei Belagerungen wieder und wieder Schutz gesucht und gefunden hatten.

Sigi lief eine Gänsehaut um die andere über den Rücken, Baci und Bella zerrten an den Leinen, hatten genug von dem modrig-muffigen Gemäuer gerochen, witterten vielleicht auch die Angst der Schutzsuchenden, die in den Spitzbögen des Schiffes immer noch nistete.

Sie ließ sich willig in den Innenhof zurückzerren, sog die klare Luft ein; das flaue Gefühl im Magen blieb.

„Grüß Gott, wollen Sie zu mir?" Ein Gesicht war flüchtig hinter einem kleinen Fenster aufgetaucht.

Sigi nahm den Duft von gebratenem Speck wahr, identifizierte das Magenflau als Hunger.

Ehe sie sich für eine Antwort, ja, nein, eigentlich, entscheiden konnte, öffneten sich gleichzeitig eine Seitentür und das Kirchenportal.

„Das sind die Rehbergs aus München, meine Frau."

Frau Thannwald, eine hellblau-weiß gestreifte Schürze um ihre Molligkeit gebunden, wischte ihre Rechte ins Geschirrtuch, streckte die Hand aus. „Freut mich. Haben Sie schon ein Quartier, bei uns ist was frei geworden. Wenn Sie wollen, zeig ich's Ihnen, nach dem Essen." Unschlüssig schauten Sigi und Hans-Erich einander an.

„Wollen Sie mit uns zu Mittag essen – es gibt Schwammerl mit Knödeln."

Der Duft, ein Blick auf die Rundlichkeit der Köchin, Hans-Erich war besiegt und Sigi schluckte erst mal die Wasserladung im Mund.

Gern, ja, nur zu gern.

Herr Thannwald deckte einen der beiden Tische im Innenhof, versorgte die Hunde mit einem Schälchen Wasser, erzählte vom Schwammerlglück des heutigen Morgens, entkorkte eine kühle Flasche Steinfeder.

Frau Thannwald stellte eine Schüssel mit Semmelknödeln, „ich mach immer gleich mehr und frier ein, was überbleibt", und eine Riesenpfanne mit Steinpilzen, „nur mit Butter und Speck, ein paar Zwieberl und Petersilie", auf den Tisch.

„Deliziös", sagte Hans-Erich. Wo er es nur her hatte?

Frau Thannwald strahlte zufrieden. „Sie sind eingeladen, und nach dem Essen, da zeig ich Ihnen das Appartement." Sie erzählte von den Gästen, die aus familiären Gründen plötzlich abreisen hatten müssen. Beierleins, Stammgäste. Dadurch sei jetzt was frei. Ganz oben, mit einem herrlichen Ausblick.

Ganz oben? Treppen, Stufen, Gänge, Stiegen und eine aufgestellte Schuhschachtel?

Verzagt suchte Sigi Hans-Erichs Blick: wie kommen wir bloß aus der Nummer raus? Die sind so hundsgemein scheißfreundlich!

Seine Mundwinkel kräuselten sich: eine Raubritterburg, und wir sind in die Falle gegangen. Mit Speck!

Er legte sich eine Hand auf den Bauch, Sigi ahnte seine Gedanken, ein Grinsen packte sie. Und dann lachten sie beide los, konnten nicht mehr aufhören, steckten die Thannwalds an. Lachten Tränen. Erzählten von der Übernachtung.

Ließen sich die ausgetretene, steinerne Turmtreppe hochführen.

Außentüre, rechts Dusche und WC, links Kochnische, Wohnzimmer, Schlafzimmer.

Holzgetäfelt, rustikal, ein Himmelbett mit gedrechselten Säulen und feinster, glänzender Damastbettwäsche. Sicht übers ganze Tal in drei verschiedene Richtungen. Zum selben Preis wie die Schuhschachtel in Dürnstein.

„Die Hunde? Nein, kostet nichts. Diese Unsitte machen wir nicht mit. Wir haben zwölf Appartements, die fast ganzjährig ausgebucht sind."

Die Burg sei das Steckenpferd, der Lebenstraum des jetzigen Besitzers, der jede freie Minute mit Familie hier verbrächte und die restlichen Räume bewohne.

Die meisten Gäste kämen Jahr für Jahr wieder, wie die Schwalben, deren Nester überall an Nischen und Vorsprüngen saßen, und so sei es gut.

Gut? Perfekt!

Das Sahnehäubchen war die Burgschänke, an deren Kaminfeuer sich Sigi und Hans-Erich am späten Abend wärmten, die zweite Flasche Wein genüsslich schlürfend.

Gut gelaunt und mit der Welt versöhnt fielen sie ins breite Bett und wachten ebenso am nächsten Morgen auf.

Da dies eine echte Rarität war, eine gutgelaunte Morgen-Sigi neben sich zu haben, nutzte Hans-Erich die Gunst der Stunde zu einem ausgiebigen zärtlichen Intermezzo und verzichtete auf das Frühstück.

Auch die Hunde darbten derweil im Wohnzimmer bei Wasser und Trockenfutter, kratzten an der Trenntür, riskierten den ein oder anderen fordernden Beller, blieben aber ungehört.

Mitten in diese Urlaubswoche fiel der achtzehnte Hochzeitstag, und Hans-Erich überraschte seine Gattin mit Brillantcreolen von Wempe, die für den Rest der Tage und Nächte nicht mehr abgelegt wurden.

Die Thannwalds versahen sie mit zahlreichen Tipps, was das Waldviertel alles zu bieten hat, das Wetter spielte goldener September, die Tage waren kurzweilig und die Nächte flitterkuschelwarm.

Auf der Heimfahrt spürten beide ein leises Ziehen in der Brustmitte, aßen im Stau bei Holzkirchen die letzten aus der Wachau mitgenommenen Weintrauben. Die Gegenwart hatte sie wieder.

*****

# Kapitel 6

## IDENTITÄTSFINDUNG:
## DIE WASCHMASCHINE HEISST BERTA

Ein Top-Dog, den man besser im Hotel liegengelassen hätte, entwickelt sich zum Rosenkavalier. Sigi entdeckt ihren Starr-Sinn und entschließt sich zu einem Seminar, bei dem alle Dings, na, Gefühle, einen Namen bekommen.

Vierzig Grad, Handwäsche, Kochwäsche, Reinigung.
Sigi sortierte. Kochte für die Hunde ein Tiefkühlhähnchen. Heute etwas Gutes, heimkommen sollte man feiern. Auch wenn es irgendwie trist war. Die Gepäckstücke standen überall im Weg, Sigi war bereits grantig aufgewacht, und zudem beim ersten Gassi mit der Blonden, die in der Bäckerei um die Ecke arbeitete, in feinster Hundehaltermanier zusammengerumpelt.
Die hatte doch glatt ihren Schäferhund am Bahndamm frei laufen lassen, eine unverzeihliche Provokation! Es ist zwar nichts passiert, aber, was alles passieren hätte können! Ein total versauter Rüde ohne die geringste Beißhemmung, er biss und beutelte, ohne Rücksicht auf Geschlecht, Größe, Anlass oder Grund, jeden Hund, den er erwischen konnte.
Sigi hatte sie angeschrien, den Schäferhund angeschrien, als er näher kommen wollte. Die Blonde hatte ihren Hund eingefangen, – sie hat momentan zwei Prozesse am Hals, ein Dackel war mit Rippenbrüchen im Gebüsch gelandet und ein Setter hat ein paar Löcher im Fell – und zurückgebrüllt. Etliche Fenster in der nahegelegenen Eisenbahnersiedlung hatten sich geöffnet. Die beiden Bs hatten giftig gekläfft, der Schäferhund mit dunklem Gebell das Quintett komplettiert.
Das Telefon läutete, unterbrach ihre Grummelgedanken.
Hans-Erich.
Ob sie eine Ahnung hätte, was sie dieser Urlaub gekostet hat?
Nein, hatte sie nicht.
Wenn er das Geld für den Manni, der ihn vertreten hatte, dazurechnete, fast sechshundert am Tag! Nicht berücksichtigt, ob der Manni nicht das ein oder andere Geschäft versiebt hatte möglicherweise.
Und? Warum erzählte er ihr das? Er war doch auch dabei gewesen?
Nur so.

Sie müssten sparen in Zukunft, wo sie doch nicht mehr arbeitete und sich weigerte, – oder? hat sich was geändert an deiner Meinung? – sich weigerte, zum Arbeitsamt zu gehen.
Ohne Kommentar legte sie auf.
Schaute das Bündel „Reinigung" noch mal durch. Einen Teil davon konnte sie eventuell selber waschen.
Linsensuppe. Ohne Würstchen.
Sie legte die mit Raureif bedeckten Lendensteaks zurück in den Tiefkühlschrank.

Gegen acht kam Hans-Erich nach Hause, nach dem Einkehrschwung an den Stammtisch, versteht sich.
Soviel zum Thema Sparen, dachte Sigi, stellte die Suppenterrine und das Brotkörbchen auf den Tisch.
„Was denn, Linsensuppe – und nicht mal Würstl drin", er ließ den Schöpflöffel zurückplatschen. Spritzer auf dem Tischtuch.
Sigi war ausgelaugt, hatte den ganzen Tag gewaschen, gebügelt, Waschmaschine und Trockner hatten den ganzen Tag gesurrt und gebrummt; jetzt war sie zu müde, seine Unverschämtheit zu beanstanden.
Ab morgen vielleicht mit Platzdeckchen aus Plastik, pflegeleicht und unkaputtbar.
Stumm löffelte sie einen Teller Suppe in sich hinein, er plauderte munter übers Geschäft, die Neuigkeiten vom Stammtisch, machte den Fernseher bereits während des Essens an, mampfte sein Linsengericht, während sportive junge Frauen die Vorzüge bestimmter Tampons anpriesen.
Froh, sitzenbleiben zu können, ignorierte er, dass sie aufstand, sich fertigmachte, um mit den Hunden Gassi zu gehen.
War dieser Kerl, der breit auf die Couch umgesiedelt war, wirklich ihr Mann, oder war der noch in der Wachau und hier saß sein Klon?

Vielleicht würde frische Luft und ein kleiner Dauerlauf gegen dieses Frustgefühl helfen.

*****

Der Herbst beschloss, andere Seiten aufzuziehen.

Ein Tief mit weiblichem Vornamen jagte hinter dem anderen her, beutelte die Bäume bis sie besiegt die letzten Blätter hergaben.

Die Hunde liebten den scharfen Wind, der Laub vor ihrer Nase hertrieb, die Regentage, an denen sie nach jedem Gassi abgerubbelt wurden.

Sigi, häufig äußerlich und innerlich triefend vor Nässe, fühlte sich wie eine Hadernpuppe. Sie starrte durch regentrübe Fensterscheiben auf die Häuser gegenüber, den verlassenen Kinderspielplatz dazwischen, auf den Antennenwald der Dächer. Starrte tagsüber den Wohnzimmerschrank an und abends Hans-Erich oder den Fernseher.

Die Frage: was koch ich heute? löste unterschiedlichste Hormonstöße aus, die eine Gefühlspalette in Bewegung setzten von: Ich-will-nicht, Ich-kann-nicht, Ich-bin-nicht-da, bis hin zu Totalverweigerung inklusive Hirntotenstarre und Rückzug in die eigenen Gedärme.

Sie wusste, sie musste was tun. Irgendwas.

Sie war antriebslos, blutleer, der Kreislauf arbeitete auf Standgas, oft hatte sie taube Fingerkuppen.

Jeder Spaziergang war eine Kette nicht zu bewältigender Tätigkeiten: Schal, Jacke, Schuhe anziehen, Hunde anleinen, Liftknopf drücken. Wie ein Zombie stapfte sie los.

Starrte unterwegs auf eine Litfaßsäule. Wecke den Künstler in Dir. Workshop. Die Hunde zerrten sie weiter bis zur Wiese.

Künstler. Künstler?

Paula.

Sie spürte eine jähe Sehnsucht nach der Freundin. Nach der Sonne, der Theatralik, dem ausgelassenen Gelächter.

Paula hatte sie sich mindestens ein-, zweimal im Monat unter den Arm geklemmt und sie in eine Ausstellung, in ein Theaterstück oder in ein Konzert geschleppt. Na ja, meist war das nicht so schwierig gewesen, Sigi war fast jeder Anregung freudig gefolgt. Und hinterher hatten sie die Stärken und Schwächen der Aufführungen diskutiert, bei einem Glas Wein in irgendeiner gemütlichen Kneipe.

Hans-Erichs kulturelles Interesse hielt sich in Grenzen, könnte man sagen. Er ging zwar ein bis zweimal im Jahr ohne Murren mit in die Oper oder in eine Komödie, aber Konzert oder Museum – dieses stumme Leidensgesicht verfolgte Sigi bis in den Nachtschlaf. Und gar noch anschließender Austausch? „Ich habs doch gesehen, was soll ich jetzt noch drüber reden – versteh ich nicht."

Ach Paula.

Sigi zerrte die Hunde zurück nach Hause.

Auf Paula war Verlass. Beim zweiten Klingeln hob sie ab, lachte, freute sich, und Sigi fühlte sich sofort besser, munterer.

„Pack die Hunde ein, stopf einen Koffer voll und tret das Gaspedal durch. Bei uns hats achtundzwanzig Grad, das Meer ist noch warm und die Strände gehören uns!"

Sigi überlegte, wog ab.

„Sag einfach: ich fahr los, und ich bestell ein Orchester!" Paula erzählte von Wein und Oliven, von ihrer Tochter, vom neuen Nachbarn, einem Bauern, der mit niemandem redete und überall herumstrich.

Sigi spürte Paulas Interesse, die Neugier auf diesen Mann, spürte ein hässliches kleines grünes Flämmchen Neid aufflackern. Neugier auf Leben, auf das Tun, irgendetwas tun.

Und sie?

„Und du? Bist du überhaupt noch dran?"

Sie erwähnte das Plakat an der Litfaßsäule. Paula schob sie Wort um Wort an. „Ganz sicher solltest du sowas machen. Lass deine Kreativität nicht verhungern!"

Sigi tat was. Suchte den alten Steckigel für Ikebana. Packte sich dick ein und marschierte los. Ohne Hunde, allein.

Wählte im Blumengeschäft schön geschwungene Zweige, blassrosa Rosenknospen, eine weiße Chrysantheme, Büffelgras und ein großes Blatt.
Notierte sich unterwegs die Telefonnummer des Workshops.
Sie steckte Himmel, Mensch und Erde, kürzte die Blumenstängel nochmal um einen Zentimeter, bog sanft den Schwung der Zweige nach, ausladender, Raum gebend.
Stellte die Schale auf den Esstisch. Ja, das war schön. Luxus. Ein Genuss für die Augen.
Genuss? Essen!
Sie holte das Päckchen mit zwei Lendenschnitten aus dem Gefrierschrank. Zwiebelrostbraten Stroganoff mit selbstgemachten Spätzle, doch, das klang nach dem richtigen Genuss für heute! Sie ging mit Schwung ans Werk.
Wenn Hans-Erich schon so fürs Sparen war, sollte er doch. Selbst ist der Mann!
Nach Sizilien fahren zu Paula? Verreist sein ist immer ein wenig unbequem.
Sie wählte die Workshop-Nummer.
Um was ginge das denn genau?
Um das Erlernen einfacher Techniken, mittels derer es ein jeder Mensch schaffen würde, seine Blockaden aufzuspüren und seine speziellen künstlerischen Fähigkeiten zu entwickeln.
Die Stimme klang angenehm, freundlich, gelassen.
Und das wäre wirklich möglich, obwohl sie noch nicht mal wusste, was ihre speziellen Fähigkeiten sein könnten?
Ja doch, nach diesem Workshop werde sie sich nicht mehr wiedererkennen, ihr Leben würde viel bunter und aufregender sein!
Tausche grau und frustig gegen bunt und lustig!
Sigi fragte nach dem Preis, bat um die Unterlagen, sagte, sie würde es sich überlegen.

Dreihundert Euro für eine seelische Rundumerneuerung mit Auswuchten und chromglänzenden Flügeln? Ihre speziellen künstlerischen Fähigkeiten? Sie betrachtete ihr Gesteck auf dem Tisch.
Ihr Blick fiel auf die Hunde.
Baci lag reglos ergeben auf dem Rücken, Bella stand steifbeinig neben ihr. Diese Mistkröte dominierte sie offensichtlich.
„Bella! Hörst auf!" Bella entspannte sich, schaute fragend zu ihr. „Bella! Schluss damit! Hör auf damit, sag ich!" Bella setzte sich, starrte Sigi verständnislos an – was war falsch? Warum dieser Ton?
Sigi ging zu Baci, streichelte deren Bauch, ignorierte Bella.
Zwölftausend Jahre Domestikation, und das Verhalten war immer noch so wie im Wolfsrudel!
Baci blieb reglos liegen. Sigi schimpfte: „Du bist selber schuld, sie tut doch nur, was du zulässt, du blöder Hund!"
Und sie? Was war mit ihr?
Baci rollte sich auf den Bauch und setzte sich auf.
„Und ich geh zur seelischen Rundumerneuerung! Ich werde so kreativ sein, dass euch Hören und Sehen vergeht! Pass nur auf mein Lieber, ab jetzt geht es hier rund!"
Sie griff nach Bellas Ohr, die sich prompt auf den Rücken warf: bitte, sei wieder lieb zu mir, mein Mensch! Und Baci fiel auch wieder um.
Sanft streichelte Sigi die zwei nackigen, weichen, verletzlichen Bäuche.

*****

Hans-Erich kam früher als üblich nach Hause, sah seine Frau beim Spätzleschaben, mmmm lecker, griff sich eine Kostprobe aus der Schüssel, deliziös, Frau Rehberg, sah das Gesteck auf dem Esstisch, wun-der-schöön!

Na, das war doch ihr Stichwort.

Ne, Moment!

Er war recht betulich und schaute drein wie ein Kater, der das Sahneschälchen umkreist – dieses Katerschleichen, das hatte doch einen Grund, also mal langsam.

Nach dem dritten dicken Lob: der Rostbraten, buuutterzart, die Sauce, ein Trauuum, und die Spätzle, Schatz, einfach himmlisch, schien er der Meinung, dass das Terrain nunmehr gut vorbereitet wäre für sein, na, was auch immer, sie würde es gleich erfahren: ach Schatz, was ich dich fragen wollte, was hältst du davon –

Er brauche dringend einen Festangestellten, ewig das Theater mit den Aushilfen! Und der Slavko würde gerne wechseln, der käme mit dem neuen Stationsleiter nicht zurecht.

Und den Slavko kennt er in- und auswendig, den hatte er ja schließlich vor sechs Jahren selber, als er noch Regionalleiter LKW bei seinem jetzigen Lizenzgeber war, zum Vermietrepräsentanten ausgebildet. Zuverlässiger Mann. Und über den neuen Stationsleiter im Flughafenbüro hätte er auch schon von anderer Seite ein paar gröbere Dinge gehört – die Buchtrommel, klar, man kennt einander in der Branche.

Sigi putzte ihren Teller leer. Die Sauce war ihr wirklich gut gelungen.

„Trägt es denn einen Angestellten?"

Ja, nach den Zahlen in der letzten BWA überhaupt kein Problem. Außerdem, das war ja bekannt, bringe jeder Wechsler einen gewissen Kundenstamm mit.

Sie wollte es konkret hören, das letzte Sparedikt noch recht deutlich im Hinterkopf. „Was genau heißt BWA und ich denk, wir müssen dringend sparen?"

Betriebswirtschaftliche Auswertung. Ja. Nein. Halt nicht gleich wieder so einen großen privaten Brocken auf einmal.

„Ein kleinerer ginge also demnach? Sagen wir, so ein kleineres Häppchen, wenn wir schon mal bei Wünsche erfüllen sind?"

Er war auf der Hut. „Wofür?"

Sie zeigte ihm die Beißerchen, alle achtundzwanzig, entschlossen sich mit Charme durchzusetzen. „Für eine gutgelaunte, strahlend neue Sigi."

Er forschte in ihrem Gesicht, „willst dich liften lassen?"

Ihr Mund klappte zu, sie schaute ihn böse an. „Das könntest du gut verstehen, bei meinem Aussehen!"

„Ach Schatz, ich hab doch nur ein Späßle machen wollen. Jetzt sei doch nicht gleich so beleidigt. Du hättest das sowieso nicht nötig, du schaust für dein Alter richtig gut aus!"

„Welches Alter meinst du?", fuhr sie ihm ins Wort, bremste sich aber sofort ein. Ein sonniges Klima wäre ihrem Vorhaben dienlicher. Sie probierte ein Grinsen: „Welches Alter? Das, was ich zugebe oder das im Pass?"

Er grinste auch, froh, sich in dem heiklen Thema nicht weiter verheddert zu haben. „Jetzt sag, so unter uns Pfarrerstöchter, bist schon über dreißig?"

„Ich bin nicht befugt, darüber nähere Auskünfte zu geben, bitte wenden Sie sich an meinen Pressereferenten!" Sie griff nach einer Zigarette.

Er stand auf, brachte ihr den Aschenbecher, stellte das Geschirr zusammen.

„Jetzt sag schon, was hast vor?"

Während sie erzählte, setzte er sich wieder, schaute sie an, schaute sie in neuer Weise an, versuchte sie in ihrer Ganzheit zu erfassen. Sie hatte etwas, das er in sich nie nachvollziehen konnte, eine lebendige Gegensätzlichkeit, so nah das Lachen am Weinen häufig. Licht an, Licht aus, und am besten noch gleichzeitig.

„Du sagst ja gar nichts."

Sie schwieg wieder, wartete.

„Doch. Ich glaub auch, du hast das. Nicht so wie die Paula, anders, aber auch was Künstlerisches."

Er hatte ihr Rosen gestreut.

\*\*\*\*\*

Der Prospekt kam.
Die Seminaranbieterin stellte sich und ihren Werdegang kurz vor, beschrieb ihren Stolperweg zum Erfolg und versprach gewichtige Dinge, jeder zweite Absatz wurde durch ein Zitat von anerkannt klugen Köpfen ergänzt. Was fehlte, war ein konkreter Hinweis auf das Wie. „Durch das Erlernen einiger einfacher Techniken..."
Autogenes Training oder nächtliche Beschwörungstänze?
Sigi diskutierte, mit Schere und Kamm in der Hand, das Für und Wider mit Baci, die zusammengerollt wie eine dicke haarige Raupe in einer Couchecke lag.
Fuhr mit den Fingern gegen den Strich über das Rückenfell, schnipselte einige längere Haarbüschel ab.
Dreihundert Euro ist viel Geld für ein Experiment.
Sie grub nach einer Vorderpfote unter dem Baci-Bauch, hielt sie fest, kämmte durch und schnipselte weg, was ihr nicht entglitt. Haareschneiden mit einer Hand war schwierig, aber durchaus nicht mehr ganz neu für sie, die beiden Bs hatten einen gesunden Haarwuchs.
Dreihundert. Viel Geld – oder ein geringer Preis, wenn dadurch Individualität, Selbstvertrauen, Authentizität und Kreativität zur vollen Entfaltung kämen.
Sie erkämpfte sich eine Hinterpfote. Filzknäuel. Baci war mit Unmengen feinster Kaschmirwolle gesegnet. Ihr fehlte das Stichelhaar des erwachsenen Hundes. Sigi schnitt mit der Babyschere die Knötchen durch, entwirrte mit spitzen Fingern, kämmte vorsichtig aus, was natürlich trotzdem ziepte. Baci zog bei jeder Chance die Pfote weg, Sigi grub die Pfote wieder aus, schnitt und entfilzte unverdrossen.
Das Gefühl für die eigene Identität wiedergewinnen.
Die versprach sehr viele –itäten. Wie sie das wohl tät, stand nirgends.

Sie bettete den Hund um, bürstete die rechte Seite. Pfote her, Pfote weg. „Herrgott noch einmal! Ich mach das jetzt, ob es dir passt oder nicht!" Sie war ziemlich laut geworden, Baci schaute sehr betroffen drein.

Bella, die das Drama aus sicherer Entfernung mit Argusaugen verfolgte, hob den Kopf. Sie mochte es zwar genausowenig, wenn ihr Fell gestutzt wurde, aber dass sich Sigi mit ihrem, Bellas, Underdog so gründlich befasste, mochte sie offensichtlich noch weniger.

Baci schnaufte schwerer, ergab sich in ihr Schicksal. Sigi bürstete und schnitt, schwitzte mittlerweile, das Kreuz tat ihr weh. Ein Unding, einen liegenden Hund zu trimmen!

Ein paar Techniken lernen und die Kreativität würde nur so übersprudeln. War das glaubwürdig?

Bauch, Brust, fertig. Jetzt noch das Gesicht. Ein besonders delikates Kapitel. Die Haare wuchsen vom Nasenrücken aus in alle Richtungen, besonders zu den Augen hin, reizten die Augen, die dadurch tränten und das Fell um die Augen verklebte. Mit links ein Büschel festhalten, mit rechts schnipp! – Kopf weggedreht, ins Leere geschnitten.

Sigi gurrte, schmeichelte, erwischte einige Büschel mit der Schere.

Das mit den Versprechungen war so eine Sache.

Und wenn sie nichts tat, einfach drauf wartete, dass sich irgendwas ergäbe?

Luftleerer Raum tat sich auf.

Hundehaare schneiden als Bezugsquelle für überschießende Lebensfreude?

Genug geschnitten. Nochmal mit der Bürste übers Köpfchen. Wenn man von einigen krasseren Treppen absah, war der Schnitt richtig flott.

Vorsichtig öffnete Baci ihre jetzt wieder gut sichtbaren Glubschaugen. Richtig niedlich sah sie aus!

Sigi sammelte die Marterwerkzeuge zusammen, reflexartig sprang Baci auf, wieselte in die Küche – Belohnung, wo bleibt meine Belohnung?

Bella sprang Sigi vor die Füße. Halt! Ich brauch jetzt dringend Aufmerksamkeit, ich bin der Alpha-Hund, ich bin hier wichtig! tapste hoch, sprang ihr in die Arme.

Baci blaffte fordernd in der Küche.

Werte-Umkehr.

Wer ist hier wessen Nutztier?

Autonomie.

Die Unterlagen versprachen auch Autonomie.

Spontan, wie sie nun mal war, entschied sich Sigi für den Workshop, bediente die Hunde mit je einem Leberwurstschnittchen, füllte das Anmeldeformular aus und steckte es in den Umschlag.

Und augenblicklich fühlte sie sich recht autonom und sehr viel identischer mit ihrem Ich.

*****

Hans-Erich war besorgt.

Seit dem einen Sommerwochenende, das er und Sigi mit den Hunden in Garmisch verbracht hatten, hatte er seine Mutter nicht mehr gesehen. Sie telefonierten zwar jeden zweiten Sonntag miteinander, aber Mama war irgendwie anders, hatte sich verändert. Sie wollte nicht kommen und wollte auch nicht, dass sie kämen.

Keine Zeit, ich geh wandern, wir haben ein Bridgeturnier, nein, dieses Wochenende geht nicht. Keine Zeit für Hansi. Das war Hansi nicht gewöhnt.

Mindestens ein Besuch zu jeder Jahreszeit war Usus, und feste Gewohnheiten stabilisieren nicht nur die Beziehung, sie sind die wahren Säulen der Lebensläufte.

„Da ist doch was faul. Ruft mich im Geschäft an, sie fliegt morgen nach Mallorca, ein Appartement anschauen, das sie vielleicht kaufen will. Einfach so, aus heiterem Himmel!"

Er spießte eine Miesmuschel auf. „Schmeckt mir gar nicht. Ich mag sie lieber im rheinischen Sud oder italienisch mit Tomaten und viel Knoblauch." Biss auf einem Weichtier herum, stocherte im Reis.

So! Das hatte sie nun davon!

Sigi war im ganzen Viertel herumgelaufen, um die Zutaten zu besorgen. Kokosmilch und grüne Currypaste, Korianderkraut und Zitronengras.

Muscheln mal anders, kreativ sein.

Sigi häufte eine Gabel sehr großzügig voll, kaute genüsslich. Traf auf eine Chilischote. Die Mundhöhle brannte. Rasch gabelte sie duftenden Basmatireis hinterher.

Die Augen tränten.

Sie versuchte das Brennen mittels Jasmintee zu mildern.

„Kannst mir sagen, wo die plötzlich das Geld für ein Appartement hernimmt? Ich weiß ja, dass sie immer ein paar Pfandbriefe und Staatsanleihen hatte, aber das reicht doch sicher nicht dazu."

Sigi sah ihm durch einen Tränenschleier dabei zu, wie er mit der Gabel einen Formel-Eins-Kurs durch das indonesische Reisgericht zog.

„Du machst dir wirklich Sorgen?"

„Ja, mittlerweile mach ich mir wirklich Sorgen. Die wird doch nicht eine Hypothek auf das Haus aufgenommen haben, die wir dann später zurückzahlen müssen."

Ach. So lief der Hase. Er sah sein Erbe in Gefahr.

„Und wenn. Immerhin gehört es ihr." Sie nahm noch eine Gabel trockenen Reis, tupfte sich die Augen ab.

Das Essen schmeckte ihr nicht. Beim besten Willen, blääh!

„Natürlich gehört es ihr, aber nur, weil ich bei Papas Tod auf mein Pflichtteil verzichtet hab, ihr zuliebe. Aber nicht, damit sie es jetzt verplempert!"

Ja mein Lieber, so ist das mit dem Verzichten – man sollte es nur tun, wenn einem wirklich ernst damit ist! Sollte sie ihm das jetzt aufs Brot schmieren? Lieber nicht.

„Du hast es schon schwer." Sie unterdrückte ein Grinsen.

„Ja, wirklich. Jeder macht, was er will! – Ich mag nicht mehr." Er beendete seine Formel-Eins-Runden auf dem Teller, legte die Gabel ab.

Die Hunde sprangen auf, startklar, bereit, in der Küche ihren Anteil am menschlichen täglich Brot zu empfangen.

„Ja Baci, schaust du süß aus! Das seh ich jetzt erst, du hast sie getrimmt!"

Ja, hatte sie.

Auch so eine fade Pflicht. Vielleicht sollte sie ihr nächstes Mal einen Irokesenschnitt verpassen und rot einfärben – mal was anderes, kreativ sein.

*****

Sigi suchte die Unterlagen nach einem weiteren Hinweis ab.
Die Adresse stimmte, hier war sie schon richtig.
Richtung Riem, abgelegen, großer Parkplatz, dunkle Glashausreihen und ein voll illuminiertes, ja was? Blumengeschäft? Gewächshaus? Seltsam.
Entweder total meschugge oder genial.
Sie stieg aus, suchte den Eingang.
Blieb in der Tür kurz stehen.
Ein Blätterdschungel in hundert Grünschattierungen empfing sie, Frühlingsduft und reife Sommerrosen, moosiger, feuchter Waldbodengeruch, Lilien, Orchideen und Papageienblumen, pointiert in Szene gesetzt.
Eine Blondine mit kessem Kurzhaarschnitt löste sich aus dem Menschengrüppchen, kam mit ausgestreckter Hand auf sie zu.
„Hallo, guten Abend, ich bin die Julia, herzlich willkommen."
„Sigi Rehberg. Ich bin überwältigt!"
Julia lachte, sie gluckserte dabei. Sigi mochte ihre Stimme, ihr Lachen.
„Das sind sie alle beim ersten Mal." Sie nahm ihren Arm und dirigierte sie zu den Anderen, „das ist Sigi."
Namen und Begrüßungsformeln rauschten an ihr vorbei, sie legte ab, sah sich um.
Schalen und Vasen, Übertöpfe und Körbchen, Glas und Keramik, schlicht oder bunt, alle ungewöhnlich, scheinbar handgemacht, Gestecke und Sträuße mit Birkenzweigen, Baumrinden und Schachtelhalm, so perfekt und schön, dass sich Sigi schwor, niemals, unter keinen Umständen, zu erwähnen, dass sie Ikebana machte, oder zumindest bisher gedacht hatte, ansatzweise Ikebana zu machen.
Hier konnte sie nicht mithalten, hier konnte sie nur staunen und lernen.
Julia begrüßte weitere Ankömmlinge. Einen Mann mit glattpoliertem, kantigem Gesicht in einem gut geschnittenen An-

zug, Peter, ein Nussknacker mit geheimen Wünschen; ein weibliches Wesen, zierlich mit halblangem Lockenschopf, lässig gekleidet, Marietta.

Marietta? Ja, die, tatsächlich. Die machte doch angeblich irgendwas in, was? Hatte Nadja nicht gesagt, Schriftstellerin? Das fand Sigi nun richtig interessant.

Sie tauschten nach der Begrüßung ihr Erstaunen über den Zufall und über den Ort des Seminars aus und erfuhren, dass sie beide im selben Stadtviertel wohnten.

Mit Marietta waren sie vollzählig.

Sieben Teilnehmer, mehr nähme Julia pro Seminar nicht.

„Bitte setzt euch, schreibt euren Vornamen auf den Zettel und stellt den so hin, dass jeder jeden mit Namen ansprechen kann."

Sie kritzelten.

Die hübsche junge Blondine mit den langen Haaren hieß Brigitte, der junge Mann mit dem orthopädischen Schuh und dem Gehstock war Albrecht, der tizianrote Haarschopf mit grobporiger Haut Theresia, der blasse sommersprossige Pagenschnitt Lisa.

Julia umriss noch einmal kurz das Ziel des Seminars: den Weg.

Und sie trennte Kunst und Kreativität.

Sigi war verblüfft. Wie sollte das denn aussehen, ein Kreativer, der kein Künstler ist? Oder umgekehrt?

„Wer ergebnisfixiert ist, macht vielleicht noch Kunst, macht sich aber dabei ganz sicher fertig und ist dann bald das, was landläufig unter dem Begriff *Künstler* firmiert: ein exzentrisches, versoffenes, egoistisches, amoralisches, unsoziales und unglückliches Wesen.

Kreativität ist ein Prozess, bei dem man nicht weiß, wie er ausgehen wird und wann er beendet ist. Kreativität ist das In-sich-hinein-lauschen, das spielerische Herangehen, das Zulassen, das Verweilen beim Tun, Ergebnis offen."

Der erste Teil der Arbeit sei, die Blockaden aufzuspüren und aufzulösen. So.

Sigi fiel auf, dass Julia nicht gefragt hatte, was sich die Teilnehmer von dem Kurs erwarteten. Wie das? Kein Standart-Opening? Kein Einsortieren der Anwesenden? Dabei hatte sie sich eine extraknappe, ausweichende Antwort überlegt, die es unmöglich machen sollte, sie in eine Schublade zu stecken.

Stattdessen fragte Julia nach einer unbequem langen Pause: „Was macht ein kleines Kind?"

Jemand stöhnte auf. Peter. „Ich will hier keinen Nachhilfeunterricht in Hausfrauenpsychologie! Ich bin hier", er schüttelte das Exposé, „um die Techniken zu lernen, die hier", er hob es demonstrativ in die Luft, „die hier versprochen werden!"

„Genau. Erst A dann B." Julia nickte ihm freundlich zu. Und wiederholte: „Was macht ein kleines Kind?"

„Es brüllt dauernd wie am Spieß, bringt die ganze Familie durcheinander, bis es alle am liebsten aus dem Fenster werfen würden, aber keiner traut sich!" Peter klappte seinen kantigen Nussknackerunterkiefer zur schmalen Oberlippe.

„Das sind aber nur die Kinder, die später Wirtschaftsbosse werden", warf der Rotschopf, Theresia, zu Peter, „die anderen spielen, denken sich Geschichten aus, geben allen Dingen Namen, richtige und falsche, die auch richtig sind."

„Und was passiert dann?", fragte Julia.

„Dann kriegst du einen rübergebraten. Du spinnst ja, sagt dein großer Bruder, und lacht dich aus." Alberts Gesicht rötete sich, er sah auf das Blatt vor sich.

„Und, Albrecht, wie hast du dich da gefühlt?", fragte Julia weiter.

„Ich war erst wütend und dann hab ich mich geschämt."

Julia ließ eine weitere Pause eintreten.

„Das ist das Programm, die Aufgabe für diese Woche. Wir schreiben Briefe, die wir vielleicht nie abschicken. Wir neh-

men sie uns alle vor, die großen Brüder. Jeden, der uns das Gefühl gegeben hat, wir hätten was Dummes gesagt, gemacht, geträumt. Das sind die Verletzungen, die uns blockieren, die verhindern, dass wir irgendetwas wagen, etwas, das sich auch nur ein kleines bisschen verrückt anhört."
„Versteh ich nicht, ich hab keinen großen Bruder", wandte Brigitte ein.
Peter lachte laut auf.
Sigi blickte angestrengt auf ihren Notizblock, irgendjemand grunzte.
„Das musst du nicht so wörtlich nehmen. Ein Lehrer, eine Arbeitskollegin oder die Eltern, die die Augen zur Decke gerichtet haben, wenn du etwas gesagt hast, was aus dem Rahmen fiel."
„Du meinst, alle, die mich wie eine blöde Blondine behandeln. So wie der jetzt. Der – Peter?" Brigitte lachte unfroh. „Da wird ich ja nie fertig. Das geht mein Leben lang so. – Du bist hübsch, aber halt den Mund, sonst machst du das schöne Bild kaputt! – Andere reden auch mal Blödsinn oder irren sich, das ist normal, nur bei mir hat das ausschließlich und unmittelbar was mit der Haarfarbe zu tun. Zeitweise ist das so schlimm, dass ich mich gar nichts mehr zu sagen trau."
Einen Moment lang herrschte Schweigen.
Julia lächelte Brigitte an. „Das kenn ich. Und die Haare dunkler färben ist auch keine Lösung, das weiß ich aus eigener Erfahrung. Also. Sortiere aus, was in den Bereich Klischee fällt und nimm dir die Verletzungen vor, die tiefer gegangen sind. Notier die Situationen, die Namen, schreib auf, wie dumm du sie und ihre Vorurteile findest, verteidige dich und beschimpf sie, wenn du möchtest, oder verzeih ihnen!"
Peter räusperte sich. „Ich wollte mit meinem Lachen niemanden verletzen." Er verneigte sich im Sitzen zu Brigitte und zu Julia hin. „Ich entschuldige mich hiermit in aller Form."

„Schon gut, ich kann das ja verstehen. Ich hab nicht zugehört, ich bin mit den Gedanken beim großen Bruder hängen geblieben. Ich hätte immer gern einen gehabt, einen, der mich beschützt und verteidigt. Ich hab mir nie überlegt, dass ein großer Bruder auch anders sein könnte, einem wehtun könnte."
Eine kurze Pause trat ein.
Man konnte hören, wie in manchen Köpfen alte Bilder umsortiert wurden.
„Und nun kommen wir zu den Techniken, mit deren Hilfe wir die Kreativität wieder in unser Leben holen: erstens, täglich morgens drei Seiten schreiben, zweitens einmal die Woche einen Künstlertreff abhalten."
Morgens drei Seiten schreiben? Morgens war Sigi zur Zeit eher müde, der Kreislauf war unten und die Hunde ungeduldig. Ausgerechnet morgens und drei Seiten was, was bitte, schreiben?
„Ich hab morgens keine Zeit, da muss ich in die Bank, ins Büro, die Schule, die Kinder ...", alle durcheinander.
„Danke. Gut. Das genügt." Julias Stimme war durchdringend, laut und fest.
Alle verstummten, alle schauten mehr oder weniger abweisend drein.
„So. Jetzt nimmt ein jeder ein Blatt und schreibt. Ich diktiere jetzt einen Vertrag, den jeder mit sich abschließt, in dem er sich verpflichtet, täglich drei Morgenseiten zu schreiben und wöchentlich einen Künstlertreff abzuhalten."
Gemurmel. Gemurre.
Sie stand auf und holte aus dem Verkaufsraum eine Metallkassette, die sie vor sich auf den Tisch stellte. „Wer das nicht möchte, bekommt seine dreihundert Euro zurück und meine besten Wünsche für sein weiteres Leben!"
Stille. Schweigen.

Lang und hörbar ließ Sigi ihren Atem ausströmen, suchte Julias Blick. Die meinte das ernst!
Täglich morgens Wörter auswürgen, Künstler treffen, die sie noch nicht mal kannte und Briefe an die Vergangenheit schreiben.
„Ich werde diesen Vertrag machen. Ich weiß zwar nicht so genau warum, aber ich denke, das könnte funktionieren", Albrecht brach das Schweigen.
„Ich auch", Marietta lächelte Julia an.
Gemurmel, Blättergeraschel.
Julia suchte die Runde ab, jeder hatte ein Blatt, einen Block, vor sich liegen, den Stift startbereit in der Hand.
Sie diktierte laut und klar, und jeder setzte mit Schwung seine Unterschrift unter die Abmachung, auch Peter, „das sind Methoden wie in der untersten Schublade der Personalführung!"
„Und – erfüllen sie ihren Zweck?", fragte Julia.
Peter brummte.
„Und wo machen wir den Künstlertreff? Hier?" Lisa stellte die Gretchenfrage.
„Nein. Jeder, wo er will. Und jeder mit sich alleine."
Schon wieder so was Unangenehmes. Sigi war ärgerlich. Sich mit seinem inneren Künstler treffen und zwei Stunden lang was tun, was Spaß macht. Etwas Unvorstellbares. Allein mit sich, und Spaß haben!
Es lag ihr auf der Zunge, zu sagen: gib mir mein Geld zurück, das ist nun wirklich zu albern! Da sprach es Peter auch schon aus: „Das ist doch albern! Das erinnert mich an meine Mutter, wenn sie sagte: Peter, geh doch raus spielen! Was denn? Mit wem denn? Keiner da in unserem Park außer dem alten Walter, dem Gärtner. Das einzige Spiel, das ich gelernt hatte, war Schach. Mit sechs Jahren. Und jetzt spiele ich mit Klauseln und Paragrafen, das Einzige, was mir Spaß bringt!"

Beim Sprechen hatte er kalt die Blumen gemustert, jetzt sah er Julia herausfordernd an.

„Albern ist gut. Auch einer dieser abwertenden Ausdrücke, die einen sehr blöd ausschauen lassen, weil man sich gerade amüsiert."

„Das ist keine Antwort!"

Julia blieb gelassen. „Das war auch keine Frage."

„Mir geht's genauso", Sigi wollte einerseits die Situation entschärfen und andererseits fühlte sie sich selber total ratlos, „ich weiß nicht, was ich tun soll, was mir allein Spaß machen könnte."

„Ich sehe auf dem Weg zur Arbeit vom Bus aus immer einen neuen Laden für asiatische Waren, da geh ich diese Woche rein und schau mich gründlich um. Das interessiert mich schon, seit die aufgemacht haben", Brigitte, ganz eifrig, „ist das richtig für einen Künstlertreff?"

„Das ist perfekt. Alles ist richtig. Kino, Geschäfte, Kaffeehaus, Theater, ein Sonnenuntergang, eine Ausstellung. Einzige Bedingung: alleine. Beim Seitenschreiben senden wir. Wünsche, Fragen, Bitten, alles, was wir auf dem Herzen oder im Kopf haben. Beim Treff schauen wir, lauschen wir, sind offen und können empfangen. Antworten, kreative Ideen, Einfälle und Einsichten.

Ist euch damit weitergeholfen – Sigi? Peter?"

Beide nickten.

Julia warf einen Blick auf die Armbanduhr. Die zwei Stunden waren um.

„Schenkt mir noch ein paar Minuten, ich möchte euch erzählen, warum das Seminar hier und nicht in üblichen Seminarräumen stattfindet."

Gespannte Aufmerksamkeit.

„Vor zwei Jahren war Gerti, die Inhaberin dieses Geschäftes, bei mir im Workshop. Sie lebte damals in Scheidung. Drei

Kinder, der Bub sechzehn, die Mädchen neun und elf. Finanziell hatte sie keine Sorgen, ihr Ex-Mann hatte sich großzügig verhalten. Aber seelisch war sie schwer angeschlagen. Ist dagesessen, als wüsste sie nicht, was sie mit der Gegenwart, und geschweige dem, mit dem Rest ihres Lebens anfangen sollte. Während des Seminars war sie auffallend ruhig, tat alles, was an Aufgaben zu erledigen war, teilnahmslos, ohne Erwartungen. Später haben wir noch zwei, drei Mal miteinander telefoniert. Sie erzählte, dass sie angefangen hat, ihr ganzes Leben aufzuschreiben. Ich ermutigte sie, hatte aber dabei das Gefühl, ich hätte versagt, sie irgendwie nie wirklich erreicht. Dann hörte ich nichts mehr von ihr."
Julia machte eine Pause.
„Die Seminare hatte ich seit Jahren in einem angemieteten Büroraum in einer Arztpraxis abgehalten. Vor zirka einem Jahr fing ich an, nach anderen Räumlichkeiten zu suchen, welche, die nicht so sachlich und nüchtern sind. Ich habe mir alles Mögliche angeschaut und vorgestellt, nichts hat geklappt, nichts hat mir gefallen. Eines Abends, ich hatte mir zuvor eine aufgelassene Schreinerei angesehen, die aber auch nicht brauchbar war, modrig, muffig und war ziemlich frustriert, da klingelte das Telefon. Die Gerti. Sie erzählte mir ganz stolz, was sie in der Zwischenzeit auf die Beine gestellt hat. Sie hat ihren grünen Daumen entdeckt und führt nun mit sehr viel Begeisterung eine Gärtnerei mit Blumengeschäft. Ich freute mich sehr über die positive Rückmeldung, sagte ihr das auch. Und erzählte ihr von meiner Suche nach einem Seminarraum, der die Kreativität direkter anspricht. Den Ausgang des Gesprächs kann ich offen lassen, oder?" Sie glucksterte, schaute in lächelnde Gesichter. „Ach, die Seiten schreibt sie immer noch, obwohl alles prima läuft und sie vollauf damit beschäftigt ist, das Leben zu gestalten und zu genießen."
„Eine schöne Geschichte, gefällt mir gut." Sigi liebte Aschenputtelgeschichten, immer schon und immer noch.

„Eine schöne Geschichte, und was ist mit den anderen passiert?" Peter liebte Nüsse, die er anderen zum Knacken vorlegen konnte.

„Passiert ist viel zu passiv für das, was durch diese Techniken angestoßen wird. Aber das ist eine andere Geschichte, die erzähl ich euch nächsten Freitag." Julia betrachtete jede Nuss, die ihr vorgelegt wurde, dachte aber nicht daran, sie zu knacken. Sie stand auf, nahm die Kassette.

„Ist da wirklich so viel Geld drin, dass du uns alle hättest auszahlen können?", fragte Albrecht.

„Ich weiß nicht." Julia zuckte die Achseln.

Peter schaute über seinen aufgeklappten Aktenkoffer zu ihr hin, „was heißt das?"

„Dass ich es nicht weiß – sie ist zugesperrt und gehört mir nicht."

Theresia lachte schallend, Sigi klopfte mit den Knöcheln auf den Tisch, der Nussknacker klappte sein Köfferchen zu. „Alle Achtung, der war Klasse!"

*****

# Kapitel 7

## CRASHKURS: ALLEM ANFANG WOHNT EIN ZAUDERN INNE

Die beiden Bs haben Flöhe, Sigi badet sie und Hans-Erich hört sie husten. Das kommt ihm spanisch vor.

„Jemand hat geläutet und mich aufgeweckt. Alle läuten immer am obersten Knopf, wenn sie ins Haus wollen, ich hasse das! Ich hasse Störungen! Weiß nicht mehr, was ich geträumt habe."

Sigi starrte auf die Zeilen, auf das kleine linierte Heft, starrte eine ganze Weile. Legte das Heft beiseite. Raffte sich auf, ging in die Küche, die Hunde im Gefolge, kochte Kaffee, füllte die Näpfe. Legte sich wieder ins Bett, nippte an der Tasse, rauchte sich eine Zigarette an. Las die drei Zeilen erneut durch.

Drei vollgeschriebene Seiten würde sie niemals schaffen, ihr fiel jetzt schon nichts mehr ein. Das Heft erinnerte sie zu sehr an die Schulzeit. Wie sie sich beim Vorlesen einmal sehr blamiert hatte. Sie schrieb: Näschen, Nä-schen. Sie hatte das Wort nicht kapiert und immer wieder Nä-schen vorgelesen. Die Lehrerin hatte sie am Ohr gepackt und hochgezogen. „Näs-chen, Näs-chen!" Das Ohr hatte geschmerzt und der Kopf geglüht. Alle hatten gelacht. Roter Wattenebel waberte durch ihren Kopf. Mein Gott, diese alte – die war sicherlich damals schon dreißig Jahre alt gewesen – diese stocksteife alte Schildkröte!

Grüß Gott, Fräun Lehrerin, leierte der Kinderchor in ihrem Kopf, der glühte wie vor vierzig Jahren. Was man nicht alles losließ auf kleine Kinder, früher. Heute?

Wie von selbst füllte sich Seite um Seite, entwich ihr Wutdampf.

Baci trabte ins Schlafzimmer, hievte sich aufs Bett, fragender Blick: was ist mit Gassi gehen? scharrte sich Hans-Erichs Bettdecke zurecht, ließ sich umplumpsen und schlief übergangslos ein.

Bella tippelte an, baute sich auf Sigis Bettseite auf, maunzte.

„Spring rauf, na, mach schon", Sigi klopfte auffordernd auf die Matratze, malte dabei schwungvoll leuchtend blaue Kugelschreiberstriche in die maisgelbe Bettwäsche. Mist. Egal. Nicht so wichtig.

Bella setzte zum Sprung an, hielt inne, kratzte sich ausgiebig, schüttelte sich und verschwand im Flur.

Ballkon hatte sie geschrieben in einem Aufsatz.

„Bei der Bayerhammer kommt der Balkon vom Ball!"

Ja, die auch, die Deutschlehrerin in der Mädchenhauptschule. Was wie ein Tröpfeln begann, ging in einen Dauerregen über, eine unfaire Situation folgte der nächsten. Sigis rechte Hand schmerzte, der Stift raste über die Linien.

Der linke Knöchel juckte, mechanisch kratzte sie sich.

Etliche Lehrer waren inzwischen sicher schon tot, der DDr. Ratschek zum Beispiel, den sie in Staatsbürgerkunde und Kaufmännischem Englisch gehabt hatte; sie verpasste ihm posthum eine verbale Abreibung und verzieh ihm zuletzt sehr gnädig.

Die linke Wade juckte, ungeduldig kratze sie die Stelle und den Knöchel, schrieb weiter.

Der gesamte Unterschenkel juckte und brannte. Sie schlug die Bettdecke zurück, Heft, Unterlage und Kugelschreiber fielen zu Boden. Sie schaute ihr Bein an, drei rote Bissstellen, exakt in zwei Zentimeter Abstand übereinander gesetzt.

Sie warf die Bettdecke zu Boden, beugte sich vor. Da lief etwas, hopsend, zwei Millimeter lang, schmal, kaum auszumachen auf dem dunkelblauen Betttuch.

Wie ein Hühnerschnabel pickten ihre Fingernägel das Tierchen auf, – Baci schaute interessiert zu, kratzte sich lässig dabei, – es flutschte durch. Sigi setzte nach, erwischte den Floh, zerteilte ihn mit den Fingernägeln, schnippte ihn in den Aschenbecher und drückte mit der Kippe nach. So! Spätestens jetzt endgültig an einer Nikotinvergiftung verstorben.

Sie schmierte die dicken Biss-Male mit Gel ein, suchte das Bett ab, zog Baci die zweite Bettdecke unter dem unwilligen Körper weg, was diese mit einem ungnädigen Blick quittierte.

Das ganze Bein juckte und brannte, war inzwischen feuerrot, ihre Laune auch.
Wie, verdammte Kiste, sollte sie in diesen schwarzen Fellbündeln schwarze Flöhe finden?
Baden.
Ungeziefershampoon holen.
Ungeduscht fuhr sie in die Strumpfhosen, in Jeans und Pulli von gestern. Gereizt und hektisch mummte sie sich ein, leinte die Hunde an und schoss los.

Wen zuerst?
Baci sprang auf den Badewannenrand, balancierte aus und ließ sich reinrutschen, sie schaute Sigi beifallheischend an. Als sie das Kunststück zum ersten Mal vollführte, hatte Sigi herzlich gelacht und nun – Applaus bitte! Sie quälte sich ein Lachen ab, das sehr nach Bellen klang, „super, Baci, ganz toll", Seitenblick zu Bella, die tretend neben ihr stand und ein sparsames Mäulchen zog. Sigi zuckte die Schultern. Miteinander ging nicht, also hintereinander. Duschte Baci nass. Zehn Minuten einwirken lassen. Rieb ihr das Shampoon ins Fell. Zehn Minuten den tropfnassen Hund in der Wanne stehen lassen.
Wissen die Shampoon-Hersteller, wie lang zehn Minuten sind?
Sie kniete sich vor die Wanne, massierte, redete wie eine Friseurin auf die Kundschaft ein.
Bella schaute böse, tippelte ab.
Baci schüttelte sich. Klappte nicht wie sonst, die Haare klebten unangenehm auf der Haut. Sie schüttelte sich mehrfach, wollte aus der Wanne springen.
Sigi drückte sie zurück, redete, redete. Einen Strahl Wasser, durchkneten. Erst fünf Minuten vergangen. Noch einen Wasserguss, zwei Flöhe sausten durch den Abfluss. Sechs Minuten.

Baci setzte erneut zum Sprung an, Sigi drückte sie runter. Sie schwitzte. Genug ist genug! Gut und gründlich ausspülen.
Beschwörungsformeln murmelnd brachte sie den ersten Durchgang zu Ende.
Der zweite Durchgang lag in der Küche im Körbchen und ignorierte sie.
Leberwurstschnittchen gefällig?
Bella nahm es ungnädig entgegen, spuckte es ihr postwendend vor die Füße.
Baci setzte sich mit lauerndem Blick zwei Meter entfernt hin.
Bella erhob sich, stakste stelzig aus dem Korb, schleckte die Leberwurst von ihrem Schnittchen und ließ sich von Sigi hochnehmen.
Baci stürzte wie ein Habicht auf die feuchte Brotscheibe.
Sigi setzte Nummer zwei in die Wanne, duschte sie nass.
Schütteln, Vorderpfoten auf den Wannenrand, Sprung-Ansatz.
„Nein, Bella, nein, sitz."
Hund runterdrücken, reichlich Shampoo. Viel hilft viel, vielleicht, und vielleicht auch rascher. Vorderpfoten auf dem Wannenrand, runter drücken, einmassieren. Hund rauf, Hund runter.
Sigi fluchte ihr gesamtes Repertoire zweimal durch, Baci saß in der Tür, prägte sich die Situation genau ein.
Vier Minuten. Genug. Spülen, frottieren. Keinen Floh gesehen.
Dennoch.
Die Decken in die Waschmaschine, die Körbe auf der Terrasse, saukalt draußen – einsprühen mit Antifloh, einwirken lassen, dann eimerweise mit Wasser abspülen.
Betten abziehen, in alle Ritzen Flohpuder, staubsaugen in allen Ecken, Sitzgarnitur absaugen und bürsten.
Abends war Sigi in jeder Hinsicht fertig.
Diese winzigen Blutsauger! Hochgefährlich!

Was für eine Macht sie hatten – sie konnten den Gang der Weltgeschichte aus den Tritt bringen oder bereits gebracht haben!

Ein einziger Floh, im verkehrten Moment in der verkehrten Hose oder im verkehrten Ohr – Friedensverhandlungen, Abrüstungskonferenzen, Weltwirtschaftsabkommen – ade!

Ade auch Hans-Erichs Abendessen. Es hatte sich vom geplanten Sauerbraten mit Knödeln und Blaukraut auf Rührei mit Trockenkräutern reduziert.

*****

Hans-Erich stellte Käse, Salami, Oliven und Brot auf den Tisch.

Mit Eiern könne man sich doch nicht wirklich sattessen, sicher, irgendwann stelle sich das Gefühl *mir-reichts-sonst-muss-ich-aufstoßen* ein, aber sich so richtig rund und satt zu essen, dazu seien Eier nicht geeignet.

„Hast du ne Ahnung, von wem die Flöhe stammen?"

„Leider nein. Die in der Zoohandlung sagt, jetzt im Spätherbst sitzen die überall im Gras, von den Igeln oder den Kaninchen. Und die zwei finden ja jeden Sch…Kotplatz." Die Zwei, mit ihrem fatalen Appetit auf Hansepfeffer, posierten wartend wie Porzellanfiguren, die Vorderpfoten nebeneinandergestellt, die Köpfchen schief, lauschend, lauernd. Vielleicht fällt doch einmal ein Käsewürfel vom Tisch des Herrn.

Sigi seufzte tief.

Beim Zwergerl war alles einfacher gewesen. Wirklich alles. Der hatte seine Flöhe regelmäßig und aus ein und derselben bekannten Quelle bezogen, von seinem Freund Bodrie, einem ungarischen Hirtenhund, der äußerlich ziemlich vernachlässigt gewesen war.

Wenn Bodrie am Horizont auftauchte – von weitem erkennbar am Wippen und Hüpfen seiner verfilzten langen Rasta-Löckchen, suchte Sigi sofort nach einem Notausgang, einer Seitenstraße, einem Gebüsch, in der Hoffnung, der Zwergerl hätte ihn noch nicht ausgemacht.

Hatte er aber fast immer schon. Hörte und sah nichts mehr, rannte los zu seinem Freund, den er innig liebte. Bodrie hatte ihm, als einzigen im gesamten Stadtviertel, erlaubt, mit ihm *Ast zu tragen*. Und das zu einer Zeit, in der er ganz neu hier war, weg von seinem vertrautem Frauchen – Sigis verstorbener Mutter – in einer neuen Gegend und in einer neuen Situation, in der er sich vielleicht recht unsicher und einsam gefühlt hatte.

Bodrie schleppte immer einen Ast mit sich herum, sein Herrchen musste eine ganze Sammlung davon im Vorgarten seines Reihenhauses gehabt haben.

Beim ersten Zusammentreffen hatte Bodrie den kleinen Rauhhaardackel ignoriert, seinen Ast sehr hoch getragen und, wenn der Kleine in die Höhe sprang, um den Ast zu fassen zu kriegen, einfach den Kopf beiseite gedreht. Beim dritten oder vierten Mal hatte er ihm ein Ast-Ende angeboten. Zwergerl hatte zugebissen und war gleichsam auf Zehenspitzen, mit stolz herausgedrückter Brust, neben ihm hergelaufen, beinahe Flanke an Flanke, wäre da nicht der Größenunterschied gewesen.

In der darauf folgenden Nacht hatten die Rehbergs eine ihrer ersten Ehekrisen in Sachen Hund.

Hans-Erich war aufgewacht, weil er einen juckenden Stich auf der Wade hatte. Machte sich – Licht an, halblaute Unfreundlichkeiten murmelnd – auf Schnakensuche.

Sigi erklärte ihm, aus einem Spalt zwischen Kissen und Decke heraus, in kurzen, abgehackten Versatzstücken, dass es um diese Jahreszeit keine Schnaken gäbe.

Er betupfte den Stich mit Mückengel und begab sich erneut zur Nachtruhe.

Kurz darauf wachte Sigi vollends auf, weil sie mehrere juckende Stiche auf der Innenseite des rechten Schenkels spürte.

Ratlosigkeit.

Wo ist das Gel?

Hast du was Sirren gehört?

Unter der Decke gibt es keine Schnaken, da fliegt nichts.

Der Dackel saß auf seinem Deckchen am Fußende des Bettes und kratzte sich hingebungsvoll.

Heilandseck! Läuse? Flöhe? Was ist zu tun? Spray? Puder? Tierarzt?

Woher diese Tierchen gekommen waren, war nach dem nächsten gemeinschaftlichen *Ast tragen* mit Bodrie und anschließendem nächtlichen Kratzen klar gewesen. Das Ungezieferband, das der Zwergerl ab diesem Zeitpunkt tragen musste, schaffte ein wenig Abhilfe.

Und dennoch war und blieb Sigis liebstes Erinnerungsbild nach Zwergerls Tod die beiden ungleichen Hunde, wie sie eng nebeneinander herlaufen, einen dicken Ast tragend, der kleine sehr stolz und eifrig, der größere wippend und – ein wenig schmunzelnd.

Unweigerlich, wenn auch ungern, kamen Sigi und Hans-Erich nun zu dem Schluss, dass jetzt die beiden Bs Ungezieferbänder tragen müssten. Ungern deshalb, weil die Bänder sicher auch den Körper des Trägers belasten und nicht nur dessen Besiedelung ausrotten.

Besonders Hans-Erich fiel der bedauerliche Entschluss so schwer, dass er, entgegen allen Absprachen, Baci und Bella umgehend und zwischendurch, seufzend natürlich, mit etlichen Käse- und Salamiwürfeln vom Tisch trösten musste.

Die nahmen den Trost gerne entgegen.

Sie hatten einen extrem harten Tag gehabt, das Gesauge, Gebade und Geputze hatte sie mental total erschöpft.

\*\*\*\*\*

„Psychokrampf", war Hans-Erichs Kommentar, als Sigi am Sonntag darauf bestand, ihre Morgenseiten zu schreiben, „und du glaubst, das bringt was?"

„Ja. Und jetzt lass mich bitte in Ruhe!"

Eingeschnappt zog er ab. „Baci, Bella, kommt, wir gehen Gassi!"

Sigi meckerte eine Seite lang über Ehemänner, die die Entwicklung ihrer Angetrauten unterlaufen wollen, bügelte mit dem Stift leise aufkommende Zweifel am Sinn des Seitenschreibens weg, hatte nach zwanzig Minuten drei Seiten voll und keine Lust mehr, sich olle Kamellen aus der Kindheit oder später vorzunehmen.

Sie wollte was tun, fühlte sich voller Lebenssaft.

Das Telefonklingeln schnitt in ihr verspätetes Pflegeritual.

Die Schwiegermutter.

Aufgesetzte gute Laune und unterschwellige Nervosität drangen durch die Leitung an Sigis Ohr.

Sie habe das Ferienappartement gekauft, das ihr der Bekannte vom Wanderclub vermittelt hatte, sie möchte ihnen die Fotos zeigen und den Herrn Blumenlund vorstellen, ob sie denn Lust hätten am Nachmittag zu kommen?

Lust wäre sicherlich nicht das Wort gewesen, was Sigi für diese sonntägliche Expedition gewählt hätte, aber sie sagte ohne Zögern zu.

Hans-Erich würde sich sowieso unter keinen Umständen von dem Besuch abhalten lassen und ihr würde dieser Nachmittag vielleicht sogar eine kleine Portion boshaften Spaß bringen.

Die Schwiegermu, wer hätte das gedacht!

Beim Bettenmachen überlegte sie, wie weit wohl die Angelegenheit zwischen der Frau Oberstleutnantswitwe und dem Herrn Blumenlund gediehen war.

Nach dem Tod von Hans-Erichs Vater hatte es eine langjährige Beziehung mit einem pensionierten Richter gegeben, der in

Garmisch, ganz in der Nähe der Schwiegermutter gewohnt hatte. Diskret, ohne Bestrebungen, sich miteinander zu verheiraten oder Familienanschluss zu suchen. Dessen Tod war nun auch schon wieder über drei Jahre her.

Und es gab keinen Grund, allein zu bleiben.

Ein Herr Blumenlund. Lund, das war norddeutsch oder dänisch? Blumen, vielleicht jüdisch. Klang jedenfalls irgendwie interessant, Sigi war mehr als nur ein wenig neugierig.

Das würde sicher eine kurzweilige Fahrt nach Garmisch werden.

Wurde sie.

Nicht nur kurzweilig, sondern auch noch kurz, kilometermäßig gesehen.

Gleich hinter Starnberg, – Hans-Erich war erst bei den dubiosen mallorcinischen Immobilienhaien angelangt, über die er aus nicht genannten Quellen gleichwohl genauestens informiert war,- liefen ihnen auf dem Seitenstreifen der Autobahn mehrere wild gestikulierende Personen entgegen.

Hans-Erich bremste, was das Auto hergab, griff mit der Rechten beschützend zu Sigi und fing damit Bellas Flug zwischen den Sitzen hindurch rechtzeitig ab. Baci, die zu Sigis Füßen lag, kugelte zweimal um die eigene Achse, vorwärts und zurück.

Er brachte den Wagen millimetergenau zwischen Vordergefährt und Leitplanke zum Stehen. Der nachfolgende Wagen schaffte es ebenfalls gerade noch rechtzeitig abzubremsen.

Bella quietschte jammernd, Baci wollte dringend auf Sigis Schoß, die wie betäubt dasaß, das Adrenalin nochmals stechend bis in die Fingerspitzen rasen spürte.

Hans-Erich ließ die Fenster runter, redete beruhigend auf die Hunde ein, streichelte Sigis Wange, „du bist kasweiß, Schatz, ist doch schon gut, ist alles vorbei."

Die Hunde hechelten, Baci versuchte hektisch, Sigis Gesicht abzulecken.

Sie wehrte ab, wühlte im warmen vertrauten Fell. „Das war knapp. Ich bin froh, dass du gefahren bist, ich hätt das nicht geschafft!"

„Eine reine Reflexhandlung, du hättest das genauso gemacht."

Sie probierte ein Lächeln.

„Gehts wieder? Kann ich euch einen Moment allein lassen, ich möchte nachschauen, was passiert ist und ob die Polizei bereits verständigt ist." Er steckte sein Handy ein, ging los.

„Sei vorsichtig", rutschte ihr überflüssigerweise raus.

Er winkte.

Kam bald zurück. „Nur Blechschäden, sechs, acht Autos ineinander geknallt, zum Glück keine schwer Verletzten. Die Polizei ist schon verständigt, müsste gleich da sein, wenn sie durchkommt."

Ja. Nur wie?

Sie standen eingekeilt auf dem Seitenstreifen, vorne und hinten standen, soweit man sehen konnte, Autos in drei Spuren.

Stillstand.

Sie boten den Hunden Wasser an, tranken selber einen Schluck aus der Flasche mit Leitungswasser, die sie nebst Schüsselchen vorsorglich immer dabei hatten.

Die Mama muss verständigt werden.

Aus deren „ach" und „herrje" klang viel Erleichterung heraus, nicht nur darüber, dass sie und das Auto unversehrt geblieben waren.

Sie würde Fotos schicken. Nein, nächstes Wochenende wäre sie bereits wieder in Mallorca, die Einrichtung undsoweiter, außerdem habe sie auf ihre jährliche Kur in Bad Gastein verzichtet und sei dringend erholungsbedürftig. Den Rest würde sie schreiben, diese Funktelefonate wären sehr ungesund und teuer, also, bleibt gesund und bis bald.

Blaulicht und Sirenen waren von ganz weit hinten zu vernehmen, Autos setzten sich in Bewegung, rückwärts, zentimeterweise.

Hans-Erich musste rangieren, er hatte keine Zeit, seiner Erbitterung freien Lauf zu lassen.

Müde und verärgert kamen sie in der Dämmerung nach Hause.

Hans-Erich lief mit den quengelnden Hunden eine Runde ums Geviert, stopfte anschließend die Spaghetti in Gorgonzolasauce, die Sigi rasch gezaubert hatte, in sich hinein. Räumte den Tisch ab, brachte Sigi Zigaretten und Aschenbecher, nahm sie in den Arm, „danke Schatz, jetzt, mit vollem Bauch, gehts mir wieder besser. Ich bin froh, dass uns nichts passiert ist."

„Ich auch. Und das mit der Mama, seh es nicht so eng. Mich täts freuen, wenn sie noch ein paar schöne Jahre zu zweit hätte."

„Ja. Ja, vielleicht hast du Recht. Ich mach mir halt Sorgen."

„Sie ist alt genug, und so leicht haut die Frau Oberstleutnantswitwe niemand ums Haxl!" Sigi imitierte exakt das mit spitzem Mund ausgesprochene O seiner Mutter, er lächelte, siedelte auf die Couch um und schaltete den Fernseher ein.

*****

Sigi trödelte auf den Morgenseiten herum.
Millionär. Mindestens Millionär.
Julia hatte allen Kursteilnehmern ein Blatt mit Aufgaben gegeben, „wer Lust hat, macht sie, sie bringen euch voran."
Eine Aufgabe war das Aufzählen von Wunschberufen.
„Millionär" hatte Sigi grinsend notiert.
Das könnte sie jetzt gut gebrauchen. Der Künstlertreff lag ihr im Magen.
Als Millionärin würde sie jetzt in die Maximilianstraße gehen, ins nächstbeste Geschäft, mit spitzem Zeigefinger auf verschiedene Gegenstände deuten: da, das und das und das auch noch!
Das könnte Spaß machen, das wäre ein Künstlertreff nach ihrem Geschmack.
Dienstbare Geister, die diskret um sie herum huschten, die Päckchen und Tütchen hinter ihr her zum Rolls brachten, der Chauffeur, die Mütze in der Hand, öffnet den Wagenschlag –
Aber was, wenn sie all das und das schon hätte, weil sie schon länger Millionärin ist?
Dann wäre sie wieder genau da, wo sie jetzt war.
Rumkritzeln und überlegen: was würde mir Spaß machen?
Sie strich den Millionär von der Liste, klappte ihr Heftchen zu, tat, was sie jeden Vormittag tat, eine Stunde später als früher, in der Zeit vor den Morgenseiten.

Die Uhr am Bahnsteig sprang auf vierzehn Uhr sieben, die S 6 blätterte sich in die Anzeigentafel.
Sigi hatte beschlossen, zum Künstlertreff in die Innenstadt zu fahren. Dort würde ihr bestimmt einfallen, wie man sich eine angenehme Zeit macht. Sie zog ihre Mundwinkel bewusst nach oben und hoffte, dieses Schmunzeln würde sich von außen bis in ihr Innerstes fortpflanzen.

Im Abteil studierte sie Gesichter. Abgewandte, in sich selbst versteckte S-Bahn-Gesichter mit dem Hinweis: heute geschlossen. Ein schlecht rasierter Mann stocherte selbstvergessen mit dem Fingernagel des linken Zeigefingers in seinen Zähnen, während er ein überregionales Massenblatt las; wenn er umblättern musste, unterbrach er seine Probebohrungen.

Es muffelte nach feuchter, vielgetragener Kleidung, eine Coladose kullerte in jeder Kurve von links nach rechts oder umgekehrt. An jeder Station drang mit den Zusteigenden ein Schwall kalter, feuchter Luft in den Zug.

Marienplatz.

Sie stieg aus, ließ sich mit der Menge an die Oberfläche schwemmen.

Hugendubel?

War nichts Besonderes – aber auch nicht verboten.

Suchte sich im ersten Stock einen Krimi von Donna Leon aus, gebundene Ausgabe, ausnahmsweise, als Kompensationspflaster für das zuletzt gelesene Buch von der Jelinek. Das zwar irre aufwühlend, aber stellenweise so grauslig und abstoßend gewesen war, dass sie jetzt dringend einen Touch feine italienische Lebensart brauchen konnte.

Blätterte im zweiten Stock ein paar Hundebücher durch, ließ sich von der Rolltreppe in die nächsthöhere Region bringen, stand im esoterischen Bereich herum und las Buchrücken.

Künstlertreff. Schwachsinn!

Feng Shui. Sie wog das Buch mit chinesischer Weisheit in der Hand. Altes, geheimes Wissen? Aberglauben? Wer weiß. Oder ebenfalls Schwachsinn, vielleicht sogar aus derselben Quelle gespeist! Zahlte den Krimi und verließ das Haus der Buchstaben. Es hatte ganz fein zu nieseln begonnen.

Sie starrte in die Auslage ein Schuhgeschäftes, ging in das Glitzerkaufhaus an der Ecke, Brillen, Schmuck, Wühltische, fuhr die Rolltreppe rauf, und noch eine, und noch eine.

Porzellan, durchscheinend und zart, bemalt, mit Struktur und Goldrändern. Chromblitzende Edelstahltöpfe, emaillierte Kasserollen, Pfannen in allen Größen. Hans-Erich. Pfannen. Hans-Erich.

Sie nahm die Rolltreppen nach unten. Lebensmittelabteilung, Feinkost. Wählte fünf verschiedene, lecker präsentierte Salate aus. Hoffentlich waren die auch frisch. Sie schenkte sich die Frage danach. Ein Baguette, Parmaschinken und alten Pecorino. An der Kasse zuckte sie etwas zusammen. Wenn schon!

Um die Ecke, um die Ecke, in ein gut besuchtes Kaffeehaus. Erschöpft ließ sie sich auf einen bequemen Ledersessel in Fensternähe nieder. Mineralwasser, Capuccino und ein Nussbeugerl.

Schaute aus dem Fenster. Eine Dame mit rotem Schirm, eine Dame ohne, schnellen Schrittes, die ihre Frisur mittels Zeitung schützen wollte, ein Radfahrer mit Schirmmütze, zwei mit Helm, ein Herr mit dunklem Schirm vom ‚Beck am Rathauseck', zwei Mädchen mit Anorak und Kapuze, alter Mann mit Kappe, Dame mit kariertem Schirm, weitere Schirme folgten, drängten, schlichen die Hauswände entlang, Radfahrer flitzten, mit gelben, schwarzen, bunten Jacken. Der Gehsteig glänzte nass, die Lichter der Schaufenster spiegelten sich in den Pfützen. Nach gefühlten zwei, drei Stunden war Sigi der Meinung, sie habe ihrem inneren Künstler nun wahrlich genug Gelegenheit geboten, sich mit ihr zu treffen. Sie zahlte und fuhr heim.

*****

Sigi werkelte in der Küche, füllte die Salate in Schälchen um. Die Hunde schauten interessiert zu, ihr Dosenfutter stand unberührt.

Etagentür, Aufsperrgeräusch, Begrüßungsarien, dreistimmig.

„Hallo Schatz", Bussi, „mmmh, lecker schaut das aus. Lass es doch in dene Plastikdinger, warum machst dir immer so viel Arbeit."

„Du bist früh, mit dir hab ich noch gar nicht gerechnet."

Sie löste mit spitzen Fingern den Schinken von den Plastiktrennblättern, legte ihn auf eine Platte.

Er grapschte sich eine Lage Schinken mit Blatt. „Soll ich wieder gehen?", drittelte die Beute, fütterte sich und zwei männchenmachende Hunde.

„Kein Wunder, dass die ihr Fressen nicht fressen!" Sigi funkelte unter ihrer ärgerlichen Senkrechtfalte.

„Die ham noch nicht gefressen? Das hama gleich", nahm die Hundeschüsseln hoch, die Reibe aus der Schublade. Etwas Pecorino über das Futter. Stellte es wieder hin.

Zwei gierige Staubsauger schlurzten einträchtig nebeneinander die Näpfe leer.

Das Nusskipferl stieß ihr gallig auf.

Sie spürte eine unterschwellige Gereiztheit. Ihr Mann, der große Problemlöser und die zwei haarigen Exzentriker, die spielerisch ihre Vorstellungen durchsetzten.

„Merkst du nicht, was die mit uns treiben?"

Sie brach, gegen ihre sonstige Gewohnheit, das Baguette in vier Teile, er schaute ihr verwundert zu. „Warum schneidst es denn net?"

„Halleluja! In Zukunft werde ich denen einen Menüplan für die Woche vorlegen, sie sollen ankreuzen, was konveniert!"

„Du hältst wohl nichts von meinen Erziehungsmethoden?", er grinste, sie auch, wenn auch ein wenig verbissen. „Von deinen halt ich gar nichts, aber die wissen haarscharf, wie Dressur geht!"

Sie setzten sich zu Tisch.

Hans-Erich öffnete den Weißwein, schenkte ein, hob sein Glas, „Ihr Wohl, gnä Frau. Es gibt eine gute Nachricht."

Sie prostete ihm zu, „aber du erzählst sie mir nicht?"

„Doch. Der Surheimer, der neue Steuerberater, hat mir das vorläufige Betriebsergebnis vorgelegt, und, jetzt halt dich fest: wir haben die Zahlen gegenüber dem Vorjahr fast schon verdoppelt! Was sagst jetzt?!"

Er hatte „wir" gesagt – na ja. Sie ignorierte den kleinen, kleinlichen Stich der Eifersucht. „Ich bin platt. – Kann ich morgen in ein Geschäft, in irgendeins in der Maximilianstraße, gehen und sagen: das packen Sie mir bitte ein, und das und das", lächelnd stand sie auf und ging zu ihm, umarmte ihn, „du machst das wirklich klasse. Ich bin stolz auf dich."

„Ja, ich bin auch sehr zufrieden."

So sah er auch aus, ein Kater, der ein großes Schüsselchen mit Sahne ausgeleckt hatte.

„Und das Essen, wunderbar, wie du das eingekauft hast!"

Sie boxte ihn scherzhaft am Oberarm, „deine Frau weiß doch immer, was wann gut für dich ist!"

Sie setzte sich wieder, die Hunde auch.

Baguette, Krabbensalat mit Ananas, mmmh.

„Den musst probieren, Hähnchen oder was das ist, der ist Spitze, richtig schön scharf." Er schob das Schälchen zu ihr. „Wenn jetzt der Slavko da ist, können wir uns endlich einen richtigen Urlaub leisten. Drei Wochen Sonne, Meer und Palmen, wo du willst! Probier doch", er tippte das Schälchen nochmal an, „man schmeckt das HN1-Virus gar nicht raus!"

„Wie wäre es mit Urlaub auf dem Hühnerhof, gibt's momentan recht billig, und auch ganz ruhig und still. Nein, Quatsch. Hören wir lieber auf mit dem Thema, sonst vergeht mir der

173

Appetit. Diese Verbrecher. Da werden wieder mal die Verkehrten umgebracht und die Henker kassieren auch noch Subventionen!"

„Und die EU steckt das Geld in die Vernichtung von Leben statt in die Forschung. Es scheint sich für alle zu rechnen: die Fleischproduzenten und die Pharmaindustrie, die Tierärzte und die politischen Parteien. – Aber, was reg ich mich auf, wir werden die Welt nicht ändern!" Schwungvoll leerte er den restlichen Krabbensalat auf seinen Teller.

Das Telefon läutete.

„Das ist für dich", sagte Sigi, „brauchst gar nicht fragen, das hör ich am Läuten!"

Er stand auf, die Hunde auch. „Immer beim Essen."

„Ja", meldete er sich kurzangebunden. Lauschte, „ja, was is?" „Ja." „Ja." „Ja, warum?"

Sigi zählte seine Jas mit und kam zu dem Schluss, dass er mit seiner Mutter telefonierte. „Ja, gut." Pause. „Bei uns ist mir lieber."

Oije.

„Ja, bis Sonntag." Er legte auf.

Mama am Sonntag.

Ein Heimspiel war ihm natürlich lieber, nur wäre sie halt auch gerne mal gefragt worden.

„Mama kommt am Sonntag mit ihrem Herrn Blümchen oder wie er heißt, sie hat was zu besprechen mit uns."

„So."

Der Herr Blumenlund hatte also bereits ein Etikett, registrierte sie nebenbei, eine Verkleinerung hatte stattgefunden, das machte den Gegner handlicher.

„Ist dir doch recht, sie hat extra umgebucht."

„Mein Gott ja, es ist mir Recht, nur wär ich halt auch ganz gerne gefragt worden."

„Wieso? Hast was vor, etwas, was ich nicht weiß?" Er setzte seine Mahlzeit fort, blickte sie flüchtig an.

Verärgert schob sie den Hühnersalat weg, probierte die Entenbrust in Madeiragelee. Er verfügte über sie und ihre Zeit, jawohl, über ihre Lebenszeit, als wäre das sein ganz selbstverständliches Recht. War das schon immer so, und sie hatte es nur noch nie bemerkt?

„Warum schaust denn so bös? Du solltest mal deinen Gesichtsausdruck sehen!"

Sie entspannte die Stirn, hob die Augenbrauen. „Mir ist grad was durch den Kopf gegangen."

„Ja?"

„Ja."

„Und was? Oder ist das vielleicht ein Geheimnis?"

„Deine Fragerei nervt."

„Also doch ein Geheimnis."

„Du nervst."

„Ich? Ich hab keine Geheimnisse vor dir!"

„Weißt was, mir wird das jetzt zu blöd! Mir ist der Appetit vergangen."

Sie warf die Gabel ins Brotkörbchen, setzte sich auf die Couch und schaltete den Fernseher ein.

Er aß sich mit ungetrübtem Appetit durch die Salate, ließ das Geschirr Geschirr sein und auf dem Tisch stehen, zog sich an und zog mit den Hunden los.

*****

# Kapitel 8

## DER KNALLER:
## MUTTERTAG MIT FLOWERPOWER

Sigis Trefferquote steigt proportional zur Dauer des Durchblickerlehrgangs. Es werden Entscheidungen getroffen, sowie das höhere Selbst und innere Künstler; Erkenntnisse treffen ein und neue Familienmitglieder. Haupt-Sache, die Frisur hält.

„Als erstes bitte ich euch, ein kleines Wochenprotokoll zu erstellen, das folgende Punkte berücksichtigt: wie waren die Morgenseiten, wie war der Künstlertreff, hat sich sonst etwas Außergewöhnliches ereignet."
Das Wort *Künstlertreff* löste Stöhnen und Seufzen aus.
Julia schmunzelte. „Wir reden gleich anschließend darüber. Dieser Check-in ist als Überblick gedacht, damit jeder am Ende des Seminars seine persönlichen Fortschritte überprüfen kann."
„Falls es etwas zu überprüfen gibt! Diese Morgenseiten scheinen mir seit dem Klavierunterricht vor fünfzig Jahren das Sinnloseste zu sein, womit man seine Zeit verplempern kann." Peters glattpoliertes Gesicht schien noch verbissener als letzte Woche.
„Pscht!" Theresa zischte ihn an.
Die Stifte eilten über das Papier.
Brigitte kicherte, unmotiviert, oder auch motiviert, leise vor sich hin.
Sigi versuchte ihrem Künstlertreff eine positive Seite abzugewinnen. „... erst als mir Hans-Erich einfiel und ich Salate kaufen ging..." Moment mal. Sie nagte an ihrem Kugelschreiber. Ihr Mann saß so fest und mitten drinnen in ihrem Bewusstsein? Oder gar in ihrem Unterbewusstsein? Das einzige Vergnügen, das sie sich vorstellen konnte: er, essen und trinken, ihn zu versorgen? Erbärmlich!
Sie spürte, wie ihr die Wärme, die Röte ins Gesicht schoss.
„So. Bitte zum Schluss kommen."
Ja, der Treff. Wollte jemand was dazu sagen?
Ja.
Alle durcheinander. Na, nicht ganz. Sigi konnte sich beherrschen, wollte eher nichts dazu sagen.
„Bitte einzeln. Wer möchte?"

Brigitte hatte sich großartig amüsiert, ihre Nase in alle Düfte des Orients getaucht, einen Wok gekauft, und Räucherstäbchen, und ein Kochbuch, und...

Sie plapperte wie ein unbefangenes Kind, bis sie Peters abschätzigen Blick auffing, sich verhaspelte, eine hilflose Geste machte, verstummte.

„Mir ist nichts eingefallen, ich war in einem Buchladen im OEZ", Theresia wurde von etlichen „ich auch, ich war auch in einem Buchladen" unterbrochen.

Sie lachten, riefen durcheinander.

„Ich nicht!" Peters sonore Stimme setzte sich durch.

Er war in der Alten Pinakothek gewesen.

Sigi stellte sich vor, wie er steifbeinig durch die Räume stelzte, da ein Bild streng musterte, sich Namen und Sujet einprägte, im Kopf einen Karteikasten anlegte und Kunst einsortierte. Als Halbwüchsiger, erzählte er, habe er eine Vorliebe für Malerei entwickelt; er, ja, wie solle er das jetzt sagen, er habe tatsächlich Bilder gemalt, ein wenig unkontrolliert, fast ausgelassen und sehr farbig.

Sigi versuchte, sich einen halbwüchsigen Peter vorzustellen, es stellte sich kein Bild ein.

Damals habe ihm sein Vater erklärt, es tauge nichts, selbst zu klecksen, wenn man genügend Geld habe, Meisterwerke zu kaufen. Sein Künstlertreff, dieses Wiedersehen mit alten Meistern, sei ihm gut gelungen, er sei Julia dankbar für den Anstoß.

Sigi fühlte sich wie ein Versager. Sie sah auf und sah, dass Marietta scheinbar ähnlich empfand, sie hatte ein schräges Lächeln im Gesicht kleben.

„Und, wie hat sich das angefühlt, die Begegnung mit der Kunst?"

Peter suchte in seinem Kopfkarteikasten, vermutlich nach einer Rubrik namens *Gefühle*.

„Ja, wie?" Pause. „Ich glaube, es hat mir gefallen. Ja. Doch, doch." Übergangslos lächelte er. Lisa erzählte von ihrem Treff, der ähnlich verlaufen war wie der der anderen. Dort und da rumgesucht, einige unwichtige Kleinigkeiten erstanden, irgendwo eine unnötige Kleinigkeit gegessen und mittelprächtig frustriert wieder heim gekommen.
Julia teilte Aufgabenzettel für die kommende Woche aus.
„Da ist einiges vorgeschlagen, wie ihr die Spur zu euren Lieblingsbeschäftigungen wiederfinden könntet. Also, wer möchte, macht sich auf die Suche."
Sigi packte den Zettel, ohne ihn auch nur zu überfliegen, in ihre Mappe. Spaß. War man überhaupt auf der Welt um Spaß zu haben? Diese Spaßgesellschaft ging ihr schon länger auf den Keks. Wozu sollte sie sich jetzt auch noch dran beteiligen und laut schreien: ich will Spaß, ich will Spaß!
„Das Thema der Woche ist das Finden der eigenen Identität und die Abgrenzung gegenüber anderen."
Julia referierte darüber, wie wichtig das Ernstnehmen der eigenen Bedürfnisse für die Aktivierung der Kreativität ist.
Theresia reagierte sauer. „Meine Bedürfnisse! Das soll mir mal einer zeigen, wie das geht mit zwei Kindern und anderthalb Jobs! Ich weiß oft schon gar nicht mehr, ob ich Männlein oder Weiblein bin!"
„Und dein – der Vater deiner Kinder?" Lisa rutschte die Frage raus, und sah dabei aus, als würde sie sie gerne wieder zurückholen, „entschuldige."
„Ach was", Theresia wischte den Moment der Peinlichkeit beiseite. „Der ist abgetaucht. Das Jugendamt versucht ihn zu finden. Seitdem habe ich ohnehin keine Privatsphäre mehr. Die Zeit zum Seitenschreiben zwack ich mir vom Schlaf ab, aber mehr geht wirklich nicht."
Das war an Julias Adresse gerichtet.

„Doch, es geht! Schau im Spiegel nicht nur flüchtig, ob die Frisur einigermaßen in Ordnung ist oder der Lippenstift, schau dich ganz an, genau an, frag dich, wie es dir geht und sag dir, auch mal zwischendurch, was du alles bewältigst, und dass du eine tolle Frau bist! Sich einen Moment lang die volle Aufmerksamkeit zu schenken, das zählt. Sich bewusst werden: mir ist warm, mir ist kalt. Und dann dem Bedürfnis entsprechend für sich sorgen."

„Jetzt versteh ich, was du meinst. Doch, die Zeit hab ich, die hat wohl jeder."

Peter schnaubte verächtlich.

Auch ohne entsprechenden Kommentar verstand Sigi, dass er damit noch nie ein Problem gehabt hatte – sein Ego war ganz offensichtlich so ausgeprägt, dass es für eine ganze Elefantenherde ausreichte. Nein. Nicht Elefanten, die mochte sie zu gerne, ein Ego wie eine Rotte Wildschweine, das war passender, das war das richtige Schubfach!

Und in welches Fach passte sie?

Angepasstes Ego, mehr Echo als Ego, ausgerichtet auf die Bedürfnisse des Gatten, der immer irgendwo in ihrem Kopf auftauchte und ihre Handlungen bestimmte.

Mit halber Aufmerksamkeit lauschte sie Julias angenehmer Stimme. Eine Unterbrechung durch Albrecht riss sie in die Gegenwart.

„Ich teil mein Zimmer mit meinem kleinen Bruder. Der ist acht und macht mich oft so verrückt, dass ich ihn am liebsten in den Schrank sperren und den Schlüssel wegwerfen möchte!"

Albrecht zeichnete wütende Zickzackstriche auf sein Blatt.

„Rede mit ihm wie mit uns. Behandle ihn ernst. Nimm ihn ernst. Das könnte Wunder wirken. Versuch dir vorzustellen, wie du mit acht warst, vielleicht kannst du so eine Basis finden, die den Bedürfnissen beider gerecht wird."

Bedürfnisse, seine Bedürfnisse.

Falsch.

Hans-Erich bestimmte das nicht. Sie selbst richtete ihre Handlungen unaufgefordert, automatisch, nach seinen von ihr vermuteten Bedürfnissen aus. Sigi schüttelte den Kopf.

„Ist dir etwas unklar, Sigi?"

Eine Pause trat ein.

„Nein, ich, Entschuldigung. Ich war ganz weit weg, das Kopfschütteln hatte nichts mit dir zu tun."

„Hast du alles mitgekriegt?"

„Eher nicht, oder das meiste halt nicht. Ich..."

„Ich habe nicht das Bedürfnis, das Ganze nochmal zu hören! Gibt es hier irgendwo eine Toilette?" Peter war aufgestanden.

Ja. Dort hinten. Da kann man Bedürfnisse verrichten.

Julia wies ihm den Weg.

„Ungehobelter Klotz, klotziger!" Marietta sagte das laut genug, um den Adressanten zu erreichen. Theresia lachte verächtlich.

„Zusammengefasst habe ich klargemacht, dass keiner zulassen darf, dass andere seine Zeit, seine Gedanken, seine Aufmerksamkeit so nachhaltig an sich zu ziehen, dass das Ich auf der Strecke bleibt und sich das Gefühl einstellt, man müsse sich zwei- oder mehrteilen, nur um allen anderen gerecht zu werden. Verstanden?"

„Ja, zirka. Nur wo ist die Grenze?"

„Da, wo du anfängst, ärgerlich zu werden. Ärger rauslassen und *Halt* schreien."

Sigi dachte an den bevorstehenden Besuch der Schwiegermutter.

„Da müsste ich an manchen Tagen und Nächten nur mehr schreien!" Theresia sah aus wie das Urbild aller berufstätigen Mutterhausfrauen, am Rande der Nervenkraft, das Gesicht rot, die Hände zu Fäusten geballt.

„Mit zwei Kindern ist das ganz besonders schwer, das glaub ich unbesehen. Versuch es trotzdem. Eine Viertelstunde, eine halbe Stunde, eine CD hören, eine Kurzgeschichte lesen. Kinder begreifen schnell, dass es ein Vorteil ist, eine entspannte Mutter zu haben. Und durch die Morgenseiten werden die Antennen sensibler. Du spürst sofort, ob ein Kind ein echtes Problem hat oder nur auf dem Egotrip ist, glaub mir das!"

Theresia presste die Lippen fest aufeinander, sah nicht sehr überzeugt aus.

„Ich glaube nicht, dass diese tägliche Nabelschau das leisten kann. Dass dieses Schreiben überhaupt was bewirkt", Peter war zurück.

„Schreib sie, und du wirst selber merken, wohin dich das katapultiert!"

Jeder schaute auf sein Blatt, kritzelte oder las Notizen, die Saat der Skepsis ging auf – oder nicht.

Sigi überlegte, ob ihr die Morgenseiten helfen könnten, den Sonntagsbesuch zu einem angenehmen Ereignis werden zu lassen.

„Mir ist am zweiten oder dritten Morgen die Fingerspitze des Zeigefingers ganz taub geworden und der Arm hat mir wehgetan beim Schreiben. Ich schreibe seit Jahren, aber das ist mir noch nie passiert." Marietta schaute auf das Blatt vor sich, tippte Punkte in einen Kreis.

„Das ist der innere Zensor. Er will, dass alles beim Alten bleibt. Veränderungen sind unbequem und der gewohnte Trott ist ja so gemütlich, auch wenn man nicht so besonders glücklich dabei ist. Lass dich davon nicht abhalten, schreib weiter. Konfrontier ihn direkt – stopf ihm das Maul!"

„Einfach so?"

„Einfach so! Die alten Gespenster müssen aufgescheucht und verjagt werden, egal, in welcher Form sie auftauchen. Und sie werden auftauchen, bei jedem. Mit den Seiten haben wir die

Macht, sie auf Nimmerwiedersehen in die Wüste zu schicken. Das schafft Platz für Ideen und Vorstellungen, die sich beim Künstlertreff einstellen werden."

Gestöhne.

Julia schaute auf die Uhr. "Ja dann. Ich wünsch euch eine gute erfolgreiche Woche. Ich geh jetzt noch eine Kleinigkeit essen, in den *Schwan*, in der Parallelstraße. Wer Lust hat, ist hiermit aufgefordert, mitzukommen."

Brigitte, Marietta und Albrecht schlossen sich an, Theresia seufzte tief, Lisa schüttelte stumm den Pagenkopf, Peter klappte sein Nussknackerkinn fest an den Oberkiefer.

Sigi schwankte.

Sie wäre gerne mit dabei.

Sie müsste nur Hans-Erich anrufen, Bescheid sagen.

Sie schaute auf die Uhr. Viertel nach zehn.

Vielleicht schlief er schon. Dann würde er sauer reagieren.

Und wenn sie nicht anrief und er noch wach war?

Sie schnaubte aus, verabschiedete sich und ärgerte sich auf der Heimfahrt über ihr Dilemma.

Ohne Hans-Erich mit einzubeziehen konnte sie anscheinend gar nichts mehr entscheiden.

\*\*\*\*\*

Um zwei Uhr waren sie gekommen, die Mama in einem schicken Kostüm und ihr Begleiter, ein großer, schlanker Mann mit angenehmen Gesichtszügen, mit lebhaften dunklen Augen.

Sigi beobachtete ihn, wie er ihrer Schwiegermutter aus der Jacke half, sah die beiden nebeneinander stehen und gewann auf Anhieb das Gefühl: das passt, das stimmt zusammen.

Herr Blumenlund agierte ruhig und ungezwungen, sich seiner guten Umgangsformen sicher, die Mama hatte auf wundersame Weise sämtliche Mamilein und Hansilein-Attitüden abgelegt, sogar Bella schien beeindruckt und hatte bereits nach Sigis dritter Aufforderung zur Ruhe das Bellen eingestellt.

Hans-Erich saß angespannt auf der Lauer, ein Bussard, jederzeit bereit, zuzustoßen, Sigi servierte Kaffee und Topfenstrudel.

Herr Blumenlund lobte den Kaffee, bitte nennen Sie mich Renee, ich darf doch Sigi und Hans-Erich zu Ihnen sagen, kann ich das Strudelrezept bekommen, er schmeckt köstlich!

Hans-Erich verdrehte die Augen. Ein Mann, der nach einem Kochrezept fragt!

„Renee backt wunderbare Torten. Im Stift kann er ja nicht, aber auf Mallorca." Mamas Augen leuchteten. „Miteinander kochen wir einfach das perfekte Menü, ihr werdet schon sehen!"

Hans-Erich schloss ganz fest die Augen – das wollte er gewiss nicht sehen. Sigi hätte ihm gerne unterm Tisch gegen das Schienbein getreten.

Ja. Und dann ging es Schlag auf Schlag.

Herr Blumenlund erzählte, dass er vor etwa zehn Jahren, nach dem Tod seiner Frau, seine kleine Fotoladenkette mit Filialen in Schleswig-Holstein und Niedersachsen abgestoßen und einen Teil des Erlöses an seine Kinder verteilt hatte. Er war viel herumgereist, hatte zwei Bildbände publiziert, seine

Villa in Travemünde, einen ziemlichen Riesenkasten, verkauft und sich vor etwa drei Jahren im noblen Maximilianstift in Garmisch-Partenkirchen einen Altersruhesitz zugelegt, weil er nicht das ganze Jahr auf Mallorca verbringen wollte. Die dortige Wohnung hatte man bereits Anfang der neunziger Jahre als Feriendomizil für die ganze Familie gekauft.

Im Frühjahr, bei einer Wanderung in den Allgäuer Alpen, hatte er die Blasen an den Füßen der Frau Oberstleutnantswitwe mit Dr. Bachs Notfallcreme erfolgreich behandelt, ja, und seitdem war man sich zufällig immer häufiger über den Weg gelaufen, hatte gemeinsame Interessen entdeckt und nach und nach eine tiefe Zuneigung zueinander, und nun – sie würden den Rest ihrer Zeit gemeinsam verbringen.

Die Schwiegermutter war zweiundsiebzig, ihn schätzte Sigi auf Mitte, Ende siebzig.

Den Rest ihrer Zeit.

Nein, nicht heiraten, aber.

Die Mama hatte ihr Haus verkauft.

Hans-Erich sah aus, als würde er gleich vom Stuhl fallen.

Sigi stand auf. „Mag wer einen selbstgemachten Schlehenlikör? Ich habe ihn im vorigen Herbst angesetzt, er ist jetzt über ein Jahr gereift und genau richtig zum Probieren."

Die Mama nickte, Renee sagte: oh ja, gerne, und Hans-Erich, die Arme auf der Brust verschränkt, schaute sein ihm angetrautes Weib aus glasigen Sehhöhlen verständnislos an.

Seelenruhig, im Plauderton, erzählte die Mama weiter. Der Verkauf sei sehr schnell, sehr reibungslos vonstatten gegangen; Prost, zum Wohl, schmeckt hervorragend.

Hans-Erich neigte nur den Kopf, schwieg, nippte mechanisch.

Seine Mutter setzte fort. Das Appartement, das sie auf Mallorca gekauft habe, sei in der selben Wohnanlage wie Renees Wohnung und ein echter Glücksfall gewesen, der Preis, die Lage, die Ausstattung, alles ganz prima. In jeder Hinsicht. So habe man die Möglichkeit, das Verhältnis zwischen gewünschter Nähe und nötiger Distanz optimal auszubalancieren und auch genügend Platz zur Verfügung, wenn sie beide oder Renees Töchter mit Anhang zu Besuch kämen.

„Die Insel ist wunderschön. Sie werden sicher gerne immer wieder kommen, wenn Sie dieses Paradies einmal gesehen haben." Herr Blumenlund sagte das ganz ruhig und selbstverständlich.

Hans-Erichs Augen sahen aus wie stumpfe Glasmurmeln, die bei jedem lautem Geräusch herausfallen könnten.

Ja, wirklich, bestätigte die Schwiegermutter, sehr schön, wie auch die Wohnung im Stift, ein Anderthalb-Zimmer-Appartement, das sie Anfang Januar beziehen würde. Ein paar der geliebten Möbel und Teppiche würde sie mitnehmen. Den Rest verkaufen oder verschenken, das wisse sie noch nicht im Detail. Wenn Hans-Erich oder sie etwas haben wollten, könnten sie ja kommen und durchschauen, oder anrufen. Anrufen bitte auf jeden Fall vorher.

Sigi fragte sich, ob es möglich sei, dass wirklich keiner von den beiden merkte, dass Hans-Erich gleich platzen, schreien, oder sonst was Verrücktes tun würde.

Zum Glück sprang er nur auf, warf sein Likörglas dabei um, und stürmte wortlos in die Küche, Baci und Bella hinterher.

Eine Pause trat ein, in der Küche hörte man Wasser rauschen.

Die Schwiegermutter suchte Sigis Blick. „Ich habe noch eine Überraschung für euch. Eine, die euch sicher freuen wird."

Mit der Küchenrolle bewaffnet erschien Hans-Erich wieder, die Miene steinern, die Lippen zugenäht. Nach einem schnellen Blick über alle Anwesenden hinweg steuerte er seinen Platz an, während seine Mutter ganz kurz stockte, dann aber weitersprach, als sei ihr nichts aufgefallen.

„Nach meiner Kalkulation bleiben nach den gesamten Transaktionen zirka hundertvierzigtausend oder ein bisschen mehr

übrig", sie machte eine kleine, feierliche Pause, "und die werde ich euch schenken."
Hans-Erichs Gesichtsausdruck wandelte sich.
Von steinern zu nicht begreifen, zu begreifen, zu freuen, zum Strahlen.
Er setzte sich, hielt sich die Küchentuchrolle vor die Brust.
"Bitte sag das nochmal, ganz langsam."
Die Mama strahlte nun ebenfalls, fühlte sich offensichtlich jetzt endlich so locker, wie sie es zuvor nur gespielt hatte.
"Was übrig bleibt, kriegt ihr. Das steht dir ohnehin zu, weil du nach Vaters Tod zu meinen Gunsten verzichtet hast. Das hab ich nicht vergessen."
"Ach Mama, das war doch selbstverständlich", er stand auf, die Frau Oberstleutnantswitwe ebenfalls, er hatte Tränen in den Augen, die Mama ebenfalls. Er umarmte sie, "Mama, danke", küsste sie auf beide Wangen.
Sigi sah durch einen Tränenschleier, dass Herr Blumenlund vergnügt dreinschaute, sich runter gebeugt hatte, um Baci und Bella zu streicheln. Sie ermahnte sich, Mensch, Sigi, ist doch bloß Kohle! und entzog sich der Situation, indem sie Taschentücher aus dem Bad holte.
"Kinder, ist das anstrengend, ich fühl mich total derangiert, ich geh die Hände waschen", dankbar nahm die Mama das Taschentuch, das ihr Renee hinhielt.
"Du siehst fabelhaft aus, wie immer, bitte bleib." Renee hatte ihre Hand genommen. "Ihre Mutter hatte viel Angst vor diesen *Geständnissen*, wie sie das nennt. Sie hatte Angst vor Ihren Reaktionen, Hans-Erich, den Verlust des Elternhauses oder so, und nun ist alles raus", er lächelte, "und wie ich sehe, sind alle ganz vergnügt!"
Beim Stichwort *Hans-Erich* trafen sich Sigis Blicke mit denen der Schwiegermutter, jede las in den Augen der anderen eine neue, ungewohnte Art Verständnis füreinander.

„Ach Gott, der alte Kasten, den werd ich bestimmt nicht vermissen", Hans-Erich schwang die Abrissbirne, „so unpraktisch und verbaut, den kann man nur noch –", hier bremste er sich ein, „ja, und außerdem war er ja viel zu groß für dich alleine, und die viele Arbeit. Das hab ich immer schon gesagt."

Mein Lieber, mein Lieber, hatte das vor ein paar Tagen nicht noch ganz anders geklungen?

Sigi verbarg ihr Grinsen, wandte sich zu Renee: „Sollten wir zwei Außenstehenden die zwei Glücklichen auf ein Gläschen Champagner einladen?"

„Was heißt hier Außenstehende!", warf die Schwiegermutter energisch ein, „das Geld ist für euch beide. Und du bist mein Mann, also auch ein Mitglied der Familie!"

Sigi stand auf: „Dann von Familienmitglied zu Familienmitglied: Champagner gefällig?"

„Prima Idee", er schaute auf die Uhr, „das geht sich gut aus, unser Fahrer kommt in einer dreiviertel Stunde."

Welcher Fahrer?

Herr Blumenlund pflegte mit Limousinen-Service zu fahren, ja, überall und jederzeit, eine der kleinen Annehmlichkeiten, die er sich leistete.

Hans-Erich war baff. Das Blümchen hatte sich endgültig in einen Herrn verwandelt.

Und die Mama, kein Wunder, dass die bei dem Mann schwach geworden war und seinem Vater und dessen Nachfolger, mögen sie beide in Frieden ruhen, ade gesagt hatte.

So ganz gefiel ihm der Gedanke allerdings nicht, erinnerte es ihn doch daran, dass auch er nach seinem Tod vielleicht eine Witwe haben könnte, die noch was erleben könnte, was besser war, als die Zeit mit ihm.

Es wurmte ihn, ein ganz kleines, kurzes Bisserl. Hatte Vater, beziehungsweise, er, hatten sie das verdient?

Der Champagner war eingetroffen.

„Hältst du bitte eine kleine Rede, Renee?" Mama erhob das Glas.
„Ja, gerne. Auf die Gesundheit, und auf die Freude, die man hat, wenn man seinen Kindern etwas schenken kann!"
Hundertvierzigtausend!
Hans-Erich trank einen kräftigen Schluck.
Die Kohlensäure und die Aussicht auf das Geld trieben die letzten düsteren Gedanken aus seinen Hirnwindungen.

*****

# Kapitel 9

## NEUIGKEITEN: LERNPROGRAMM

Hans-Erich lernt die Funktionsweise eines Küchengerätes kennen, Baci und Bella neue Stimulanzien, Sigi den Schneewalzer mit Hüftschwung und weibliche Scanner-Programme.

„Schaut, jetzt verlässt sie uns! Lässt uns ganz alleine, obwohl ich extra früh heimgekommen bin!"

Mit jammervoller Stimme redete Hans-Erich auf Baci und Bella ein, die wie zwei Säulenheilige neben ihm auf der Couch saßen und ihm aufmerksam lauschten.

Ärgerlich fuhr Sigi in den Mantel. Blöder Kerl! Versuchte, ihr ein schlechtes Gewissen einzureden, weil sie zu ihrem Workshop ging und ihm mitgeteilt hatte, dass sie hinterher noch mit den Anderen was trinken ginge.

Sie schlüpfte in die Stiefel, zog den Reißverschluss hoch. Rechts klemmte.

„Das Essen steht auf dem Herd, Rindsrouladen mit Knödel, musst nur warmmachen!" Sie wickelte das Hosenbein fester um die Wade, ruckte den Verschluss hoch – und hatte die Führung in der Hand. Abgerissen. Mist! Da waren neue fällig. Sie trug sie ohnehin bereits den dritten Herbst.

„Ja, wie? Wie mach ich die warm?", rief er aus dem Wohnzimmer, wollte sie nicht loslassen.

Sie zog ihre Uralt-Stiefeletten an, öffnete die Wohnungstür, „am besten, indem du den Herd einschaltest!", und warf die Tür hinter sich ins Schloss.

Immer diese Manöver! Sie hatte es satt.

Er ging zum Stammtisch oder nicht, wie es ihm passte.

Ging sie ihm deshalb auf die Nerven? Keppelte sie mit ihm? Musste er Bescheid sagen? Mitnichten!

Sie aßen um acht, er kam so gegen acht oder früher. Wenn er länger am Stammtisch blieb, was selten vorkam, rief er an und sie schaltete, ohne eine Szene zu machen, den Herd ab, aß allein oder später mit ihm. Sie nahm es zur Kenntnis, basta.

Ein dunkler Mercedes bog schwungvoll aus einer Seitenstraße, nahm ihr die Vorfahrt. Sie bremste volle Pulle, hupte, ballte die Faust, „blöder Kerl, blöder!", schrie sie ihm hinterher, und meinte nicht nur den Autofahrer.

Langsam fuhr sie weiter, atmete bewusst ein und aus. War ja nochmal gutgegangen.

Hatte sie zu heftig reagiert, wie sie ihren Mann in seiner scheinbaren Hilflosigkeit abrupt hatte sitzen lassen?

Sie schüttelte den Kopf, schüttelte die Gedanken ab.

Sie wollte sich auf das Seminar konzentrieren. Bewusst konzentrieren.

Ihr gestriger Künstlertreff war auch nicht das Gelbe vom Ei gewesen. Sie hatte sich lange beim Kaut-Bullinger in der Bastelabteilung aufgehalten, gustiert mit Seidenmalerei, Perlensticken und Christbaumkugeln zum Selbstbemalen. Alles verworfen und sich in einer Parfümerie das Duschgel und den Körperpuder zu ihrem Lieblingsparfum gekauft. Sich das Handgelenk mit Je Reviens besprühen lassen, um wieder einmal dezidiert feststellen zu können, dass das ganz sicher nicht ihr Duft war – auch wenn, oder vielleicht gerade deshalb, weil Hans-Erich auf genau dieses Parfum wie elektrisiert reagierte. Eine rothaarige Jeanette aus einer entfernt liegenden Vergangenheit, weit vor ihrer Zeit.

Irgendwann einmal vor ein paar Jahren, sie waren am Stammtisch gesessen, war eine aufgebrezelte Dunkelhaarige in einer Wolke Je Reviens an der Sandwichbar vorbeigegangen, während Hans-Erich gerade von seinem Weißbier trank. Der Duft traf seine Nase, stieg direkt ins Hirn, katapultierte ihn urplötzlich Jahrzehnte in die Vergangenheit – und er verschluckte sich so sehr, dass er sicher erstickt wäre, hätte ihn nicht ein Kumpel mit derben Schlägen auf den Rücken in die Gegenwart zurückgeholt.

Es hatte mindestens eine Viertelstunde gedauert, bis er wieder krächzfrei reden konnte, und dann musste er unbedingt wieder einmal die öde alte Geschichte erzählen, wie er und diese schwül duftende Halbfranzösin ein kleines nasses Kätzchen auf dem Weg zu einer Party gefunden hatten und so weiter und so weiter.

Und einmal, ganz am Anfang ihrer Beziehung, zu einer Zeit, in der sie diese Geschichte noch nicht kannte, hatte er ihr geschmackvollerweise genau dieses Parfum geschenkt.

Sie hatte es nicht benutzt, es war ihr zu aufdringlich. Es war ihr dann auch bald aus der Hand gerutscht und auf dem Fliesenboden zersprungen. Er hatte das sehr bejammert und wollte ihr unbedingt gleich wieder ein Fläschchen Je Reviens schenken, was sie unnachahmlich charmant *nicht nötig, für mich riecht das wie ein neunstöckiges Freudenhaus* abgelehnt hatte.

Womit ihre Gedanken wieder beim Thema waren. Hans-Erich, Hans-Erich, Hans-Erich. Wie eine hypnotisierte Kuh!

Sie bog auf den Parkplatz, freute sich auf das Zusammensein mit den Anderen und vor allem auf andere Gedanken!

Theresia löste sich aus dem Mittelpunkt des kleinen Grüppchens. „Hi, Sigi", fasste sie an beiden Händen, zog sie kurz an sich, „etwas ganz Tolles ist passiert, ich will nur kurz warten, bis alle da sind, dann erzähl ich es euch!"

Peter kam, „hallo, guten Abend", ging steif und korrekt an seinen Platz. Marietta flatterte herein, winkend, lächelnd. Nach und nach nahmen alle die Plätze ein, Lisa fehlte noch.

Julia schaute auf die Uhr. „Wir fangen trotzdem an. Ich will endlich hören, was Schönes passiert ist. Theresia bitte."

„Also. Unser Redakteur ließ mich zu einer Unterredung bitten. Und das bedeutet in der Regel nichts Angenehmes, meist Beschwerden oder so. Ich mache die Anzeigenakquisition für den „Münchner Hermes", das heißt: ich machte! Kurz gesagt, ich bin völlig unerwartet die Treppe raufgeflogen, ab nächsten Ersten bin ich zuständig für die Anzeigen-Großkunden wie BMW, Sixt und Siemens. Ist das nicht Klasse?!"

Sie freuten sich mit ihr.

Mehr Geld, kein Klinkenputzen mehr bei Kleingewerbetreibenden, eigenes Büro und Parkplatz.

Alle gratulierten, je nach Temperament. Schulterklopfen, wie schön, zulächeln, Glückwunsch, Händedruck, Umarmung von Brigitte, Peter ließ ein anerkennendes Sätzchen fallen.

Julia sah auf die Uhr. „So. Jetzt bitte den Check-in. Morgenseiten, Künstlertreff," Stöhnen und Gemurre, „und alles, was sich sonst noch an Ungewöhnlichem ereignet hat. Fünfzehn Minuten."

Sie kritzelten drauflos.

Punkt drei, nichts Besonderes.

Oder doch?

Sigi dachte über den einen Blick des Einvernehmens mit der Schwiegermutter nach. Sie hatte sich, ja, sie hatte sich zum ersten Mal mit ihr von Gleich zu Gleich gefühlt.

Was hatte Renee zu Hans-Erich gesagt? „Ihre Mutter hatte Angst".

Und plötzlich war ihr klar, dass diese Hanslein-Attitüden mit Angst zu tun gehabt hatten. Und auch die ablehnende Haltung ihr gegenüber.

„Bitte zum Schluss kommen. Tiefer schürfen könnt ihr gut auf den Morgenseiten."

Ja. Das würde sie.

Ein befreiendes Lachen drängte laut aus ihr heraus. Sie hielt sich erschrocken die Hand vor den Mund.

„Lass es zu, das ist gut. Das wirst du, das werdet ihr alle noch öfter erleben." Julia schaute sie wissend an. „Über eure Künstlertreffs", sie ignorierte das Heulen und Zähneknirschen, „will ich heute nichts hören. Geduld mit sich selbst zu haben, sich nicht unter Leistungsdruck zu setzen, ist ein Lernprozess. Das geht mit jeder Woche besser. Und ihr macht diese Treffs jede Woche, das habt ihr euch selbst versprochen. – Nun das Thema der Woche: Wut, Wachstum und Synchronizität."

Sie erklärte, dass Wut ein hervorragender Motor sei, positiv genutzt, Wachstum erzeuge, und Aktivität. Und das Aktiv-

Sein setze etwas in Gang, das C.G. Jung „Synchronizität" genannt hatte. Wie bei Theresia.
Ungläubig schüttelte Peter den Kopf. „Jetzt fehlt nur mehr der liebe Gott und seine kleinen Schutzengelchen, die für uns Wunder wirken, wenn wir schön brav die Morgenseiten schreiben!"
„Du scheinst mir ein recht interessantes Gottesbild konserviert zu haben – aber das ist ein anderes Wochenthema", bemerkte Julia.
Peter fuhr auf. „Ich glaube nicht an Gott, das ist kein Thema für mich!"
„Und wer, glaubst du, hat das Universum gemacht? Bill Gates und die Microsoft?", warf Albrecht ein.
Der junge Gockel forderte den alten Hahn.
Ehe Peter antworten konnte, ging die Tür auf. Lisa. „Entschuldigt bitte. Aber heute ist alles schief gegangen!"
Sie sah aus wie immer, der Pagenschnitt umschloss wie ein polierter Helm ihren Kopf, nur die Augen funkelten lebhafter, belebter.
Während sie sich auszog, erklärte sie, ihr Mann habe vergessen, dass sie heute Abend ihr Seminar habe und sei nach der Arbeit zum Squash spielen gegangen, statt auf den Kleinen aufzupassen – den Rest könnten sich alle denken.
„Und? Bist du wütend?" fragte Julia.
„Jetzt nicht mehr. Aber wie er mich vom Club aus angerufen hat, da hab ich gebrüllt wie noch nie in meinem Leben. Er ist dann auch sofort gekommen. – Und jetzt hab ich fast ein schlechtes Gewissen, dass ich ihm das bisschen Ausgleich vermiest habe. Er arbeitet so hart, während ich nur daheim bin."
„Vergiss es! Das war Absicht, das kenn ich!" Theresia schaute sie kämpferisch an. „Das hat meiner auch gemacht, bis ich total am Boden lag und mir für mich nichts mehr in Anspruch

nehmen traute. Bis ich merkte, dass ich nur ein Schattenleben führte. Er agierte, ich reagierte. Lisa, lass es nicht zu, dass es bei dir genauso weit kommt. Daran geht jede Beziehung garantiert kaputt."

„So ein Unsinn! Wenn er der Alleinverdiener ist, hat er auch das Recht, zu bestimmen!" Der Nussknacker.

Sigi kam die Galle hoch. „Warum nicht gleich zurück in die Höhlen. Sie hütet das Feuer, er geht auf die Jagd! – Lisa, lass dich nicht bestimmen und lass dich nicht mit einem schlechten Gewissen manipulieren!" Meiner versucht es auch, hätte sie beinahe noch angefügt.

War es denn wirklich so, dass geradezu reflexhaft jeder männliche Partner versuchte, den weiblichen zu dominieren? Oder, wenn es leicht ging, regelrecht zu domestizieren?

Sigi spürte die Wut im Bauch heiß brennen.

Grimmig lächelte sie darüber, wie gut das alles zum Wochenthema passte.

*****

Konzentrierte braune Blicke zogen sie in die Oberwelt.

Sie spürte einen warmen Atem auf der rechten Hand, die sie halb unter das Kissen gegraben hatte.

Nervensägen.

Unwillkürlich lächelte sie, und gehörte somit der Katz, beziehungsweise den Hunden. Kurzes Gerangel um die Verteilung der Gesichtspartien. Baci fuhr ihr schleddernd nass über die Stirn, Bella tupfte und stupste sanft in der Kinnregion. Sie streichelte pflichtgemäß zwei Bäuche, wuzelte verschiedene Ohren, kratzte die verlängerte Wirbelsäule Richtung Schwanzansatz, bis beide quiekten. Ja, das mochten sie!

Ihr Blick fiel auf den Wecker. Neun Uhr achtundfünfzig. Verdammte Kiste! Keine Zeit mehr für Morgenseiten. Sie schwang sich aus dem Bett.

Sich morgens beeilen zu müssen hasste sie, das verhagelte ihr glatt den ganzen Tag.

Was waren das für bräunliche Fleckchen am Teppichboden? Rotwein? Kaffee? Wo kamen die den her?

Baci lag zusammengedreht wie ein Kringel auf dem Bett, eine Hinterpfote steil in die Höhe gereckt, eins am Kissen abgestützt. Sie leckte mit Hingabe ihr Geschlecht. Bella saß ganz nah bei ihr, den Kopf nach vorne gereckt wie ein Naturwissenschaftler, der ein interessantes Phänomen vor Augen hat.

Auf der Bettwäsche, am Laken, überall vereinzelte ominöse Fleckchen.

Baci unterbrach ihr Tun, hob den Kopf. Sinnig blöder Gesichtsausdruck. Bella schnuffelte akribisch die Schnauze ihrer Wurfschwester ab.

Läufig. Die war läufig! Was war da zu tun?

Zoogeschäft, Höschen kaufen.

Sigi wusch sich rasch das Gesicht. Warum war sie eigentlich so überrascht? So ab dem achten Lebensmonat wurden Hunde geschlechtsreif und ihre beiden waren fast, ja, tatsächlich, über zehn Monate alt. Die Bella würde dann ja wohl auch bald so weit sein.

Und dann würden sie beide Weibchen sterilisieren lassen. Sie wollten ganz sicher keine jungen Hunde produzieren. Es gab bereits viel zu viele dieser bedauernswerten Geschöpfe, die in Eurobeträgen gerechnet, keinen Wert darstellten, und oft genug – was nichts kostet, ist nichts wert – wie Wegwerfartikel gehandhabt wurden.

Und der Nummer: unsere Susi wird Mutter, konnte Sigi auch nichts abgewinnen.

Oder die Variation, mit der die Besitzerin der Nobelboutique neben der Zoohandlung alle Hundehalter mit Rüden aus dem Takt brachte: Hüftschwung und Gespreize, wenn sie mit ihrem läufigen Terrier-Weibchen namens Terry spazieren ging. „Wir sind läufig", Brust raus, „schrecklich, wie die Rüden hinter uns her sind, einfach schrecklich", breites Grinsen mit vierundsechzig Zähnen, „so aufdringlich, nicht wahr, mein Terry-Mädchen", und gemeinsam ziehen sie mit aufreizend wackelndem Arsch ihre Mitteilungsschleifen.

Die Läufigkeit signalisiert die bevorstehende Aufnahmebereitschaft, die Weibchen markieren alle paar Meter, die Rüden kriegen einen Samenkoller nach dem anderen und die Frau Boutique- und Hundebesitzerin fühlt sich sexuell enorm attraktiv.

Sigi übte vor dem Spiegel ein, zwei Hüftschwünge.

So einfach kommen manche Leute durch die Identifikation mit ihrem Hund zu ihrer wahren Identität – und sie, sie mühte sich mit Morgenseiten. Immer suchte sie den langen Weg, wo es doch so einfach auch zu gehen schien!

Sigi mummte sich in ihre dicke Jacke, – total unsexy – leinte an und trabte los.

Schnee!

Eine zwei bis drei Zentimeter dicke, noch überwiegend weiße Schicht lag auf dem Gehweg, den Bäumen, den Häusern.
Schnee.
Die beiden Bs schnuffelten sehr interessiert, Baci probierte ein Häppchen, ihr Gesichtsausdruck ließ keine Schlüsse über den Geschmack der unbekannten Materie zu. Dennoch schien es sich um eine Stimulantie zu handeln: übergangslos begannen die beiden miteinander zu raufen. Im Nu waren sie hoffnungslos verheddert. Sigi, eingewickelt wie ein Selchroller, beschloss, erst mal zum Bahndamm zu gehen, damit die beiden ihrer geballten Lebensfreude freien Lauf lassen konnten.
Gutgelaunt rief sie später Hans-Erich an.
„Ja, was denn, unser Mädi is läufig, ja sowas!" Er klang wie ein sexuell aufgewerteter Boutiquebesitzer. „Pass ja gut auf auf sie, damit ja nix passiert!"
War sie blöd oder was? „Gut, dass du mir das sagst, danke, ich wär sonst gar nicht draufgekommen!"
„Ach Schatz, so wars doch nicht gemeint! – Was haben die beiden zum Schnee gesagt?"
„Hocherfreut, eine klasse Gelegenheit, alle offenen Posten nochmal durchzusprechen. Sie sind klatschnass gewesen und nach dem Frottieren haben sie kurz die Wohnung auf den Kopf gestellt. Jetzt liegen sie flach und pennen."
Er lachte: „Hoffentlich hast die richtigen Handtücher genommen!"
„Blöder Aff!"
„Gehst heut Abend mit zum Stammtisch, der Wastl hat Geburtstag, da is bestimmt was los, die Gerda und der Schorsch kommen auch."
Gerda. Naja. Aber warum nicht. „Holst mich ab?"

*****

Und da war was los am Stammtisch!

Stammbesetzung plus Ehefrauen, Freibier und Champagner, feinste Canapés und warmer Leberkäse mit Kartoffelsalat.

Anfangs kreisten Sigi und Hans-Erich, plauderten dort und da, tauschten Neuigkeiten aus. Hans-Erich erfuhr unter anderem, dass in der Nähe seines Geschäftsstandortes ein weiteres Gewerbegebiet geplant war, direkt an der B 12 Richtung Freising. Später verwickelte er sich mit Charlie, einem Stationsleiter seines Lizenzgebers, in die Interna der Autovermietung; sie tauschten sich über die neuesten Maschen aus, die Betrüger anwandten, um Mietwägen unbehelligt zu klauen und ins Ausland zu verschieben und mit welchen Möglichkeiten die Vermieter kontern konnten.

Sigi hatte dort und da ihre Honneurs gemacht, nach den Kindern, Eltern oder den Haustieren gefragt und sich zuletzt zu Marietta gesetzt.

Gestern Abend, nach dem Seminar, war sie mit den anderen Teilnehmern im „Schwan" zusammengesessen, hatte sich blendend über die unterschiedlichsten Themen unterhalten, mit Marietta, mit den anderen. Marietta hatte jede persönliche Auskunft, direkte sowie indirekte, geschickt vermieden. Julia hatte nach der Schriftstellerei gefragt, sie hatte rasch abgelenkt. „Ach ja, das Schreiben. Ich erhoffe mir von dem Workshop einige neue, kreative Impulse. Was hast du so an Rückmeldungen von den früheren Kursteilnehmern? Würde mich interessieren."

Daran zeigten sich alle sehr interessiert; dennoch hatte Sigi im Kopf notiert: Marietta hat etwas zu verbergen.

Sollte sie jetzt einen Vorstoß wagen und einfach fragen: erzähl mal, was machst du so den ganzen Tag? Oder in Vorleistung gehen und von sich erzählen?

Sigi rief sich zur Ordnung. Das war nicht ihre Art, anderer Leute Privatatmosphäre auszuschnüffeln. Und doch war sie neugierig, wollte sie die andere kennenlernen.

Sie plauderten übers Wetter, über die Seminarteilnehmer, gönnten sich einige Anmerkungen über den Nussknacker, von dem sie jetzt wussten, er war Notar – Julia hatte diese Information gestiftet. Er und Lisa waren nach dem Seminar nicht mitgegangen, was vor allem Theresia sehr ausführlich bedauert hatte – sie hätte Lisa gerne noch an ihrem reichen Erfahrungsschatz teilhaben lassen, damit diese nicht schnurstracks weiter in die Brave-Mädchen-Falle tappen würde.

Nun tauschten sie ihre Erfahrungen mit den Morgenseiten aus, lachten darüber, dass Sigi das Wort „Künstler" siebenmal hintereinander hatte schreiben müssen, bis es einmal leserlich auf dem Papier stand.

Holger mischte sich in ihr Gespräch. Er war vor kurzem auf einem Managementtraining gewesen, bei dem es um Innovation und Mitarbeitermotivation gegangen war. Die Techniken, die er dort vermittelt bekommen hatte, waren sehr ähnlich gewesen. Er setzte an, sehr ausführlich zu werden.

Sigi fühlte sich durch ihn gestört, ging auf die Toilette. Als sie aus dem WC rauskam, standen Nadja und Michi bei den Waschbecken auf der rechten Seite und warteten offensichtlich auf sie.

„Du scheinst dich ja blendend mit der zu verstehen." Nadja trat ihr in den Weg.

Michi kramte in ihrer Handtasche, zog einen Lippenstift und mehrere Kajalstifte heraus. „Du fällst uns in den Rücken!"

Sigi schob Nadja zur Seite. „Könnt ihr präzise sagen, was genau ihr meint?" Sigi ging zur linken Spiegelreihe, hielt die Hände unter den Wasserhahn, Nadja folgte ihr.

Michi malte ihre Lippen aus, tupfte ab.

„Jetzt tu nicht so. Diese Marietta natürlich. Wir waren uns doch darüber einig, dass die am Stammtisch nichts zu suchen hat!"

„Du meinst, ihr wart euch einig." Sigi musterte die zwei im Spiegel, wusch gründlich ihre Hände.

„Falls dich das interessiert: die schreibt Pornos!" Nadja. „Für den Versandhandel von dieser Melanie." Michi. „Von dieser peinlichen Blondine." Nadja. „Vom Bachelor, vor ein paar Jahren." Nadja. Oder Michi. „Weißt schon, die, die nackt in dem Whirlpool gesessen hat." Beide durcheinander. „Wix-Vorlagen, wenn du es genauer wissen willst!" „Die Texte sind von der." „Weißt schon, unter diesen widerlichen Fotos! Hardcore!"

„Nein, weiß ich nicht. Und interessiert mich auch nicht. Ich unterhalte mich gern mit ihr." Sigi wandte sich ab, das musste sie erst einmal einsortieren. Ob das alles so stimmte? Sie nahm eines der parat liegenden, zusammengerollten Handtücher und trocknete sich ab. „Ich glaub, ich kann sie ganz gut leiden." Sie drehte sich um. Am Ende der Spiegelreihen, an der halboffenen Eingangstür zu den Toiletten stand Marietta und lächelte, „danke, mir geht's genauso!"

Michi steckte, hochrot im Gesicht, ihre Buntstifte weg, Nadja schnappte nach Luft, schaute grimmig drein.

Marietta ließ sie unbeachtet stehen, ging zu den WCs.

„Soll ich auf dich warten?" fragte Sigi, während sie sich Stirn, Nase und Kinn mit etwas Puder bestäubte.

„Nein. Danke." Marietta wandte sich um, musterte die zwei Schwestern. „Ich glaub nicht, dass sie mich verprügeln werden."

Sigi lachte laut auf, die zwei Hüterinnen der zweit-ehelichen Tugenden zischten kommentarlos ab.

„Weißt du, was mit denen los ist?"

„Ja, könnte sein. Vielleicht haben sie Angst um ihre Ehemänner. Sie sind beide die zweite – und möchten nicht das durch sie verursachte Schicksal ihrer Vorgängerinnen nachleiden müssen."

Marietta lachte. „Und du? Gar keine Angst?"

Sigi schüttelte den Kopf. „Oder sollte ich?" Sie grinste, Marietta auch.

„Ne, musst du nicht. Außer an Autos, Fußball und Autovermietung habe ich bei deinem Mann keinerlei Interessen feststellen können! – Außerdem ist er nicht meine Kragenweite. Ich mag sie gern ein bisschen mächtiger und gern ein bisschen reicher, dafür müssen sie nicht unbedingt unter sechzig sein!"

Sigi stutzte. „Da kann ich ja richtig froh sein, was?"

„Ja. Dein HE ist in jeder Hinsicht unergiebig, hahaha!" Marietta verschwand in einem WC.

Sigis Wangen hatten sich leicht gerötet.

Hatte die das etwa ernst gemeint? Wie tickte die denn? War die wirklich auf der Suche nach einem, na, Sponsor? Und hatte Hans-Erich nach Tauglichkeit abgecheckt – und danach aussortiert?

Sigi schüttelte mehrfach den Kopf, als versuche sie, das soeben Gehörte irgendwie aus dem Kopf herauszuschütteln. Sie klappte die Puderdose zu und ging langsam zurück in die Sandwichbar.

Hans-Erich wartete schon auf sie. „Das muss ja ein interessantes Meeting gewesen sein. Die zwei", die Augen fest auf Sigi gerichtet, wies er mit dem Kinn in Richtung Michi und Nadja, „die fauchen und zischeln wie ein Nest voller Klapperschlangen!"

Dazu hätte sie jetzt auch gute Lust, zu fauchen und zu zischeln! Und wie gerne hätte sie ihn direkt gefragt: und du, hast du diese blöde Kuh auch angebaggert? Auch versucht, bei der zu landen?!

Sie schluckte alles, was ihr auf der Zunge lag und durch den Kopf gewitterte.

Hans-Erich wollte ihr auf den Barhocker helfen, sie winkte ab. „Ich hab Kopfweh, ich fahr heim!"

„So plötzlich? Is was los? Is doch was passiert?"

„Nichts. Rein gar nichts. Ich hab ganz einfach leichte Kopfschmerzen und will heim."

Hans-Erich schaute auf die Uhr. „Erst halb zehn". Er zögerte, war unschlüssig.

„Kannst ja noch bleiben. Und Dir ein Taxi nehmen, falls du noch was trinkst. Das wievielte ist das schon?", ihr Kopf deutete auf sein Weißbierglas, das nahezu leer war.

Marietta kam zurück, blieb, wie immer, kurz in der Tür stehen. Schließlich sollte man bemerken, dass sie wieder da war. Sie lächelte Sigi zu, die sich abrupt abwandte und Hans-Erich fixierte, dessen Blick, wie der der meisten Anwesenden, mittlerweile Richtung Tür gewandert war.

„Ich geh jetzt, sonst platzt mir der Kopf", oder sonstwas! Sigi klopfte mit den Knöcheln auf den Stammtisch, winkte, warf ein paar Floskeln in die Runde und ging. Hans-Erich schloss sich ihr kurzerhand an.

Zu Marietta sagte sie im Vorbeigehen laut und deutlich: „Alles Gute, Waidmannsheil", und übersah die entgegengestreckte Hand geflissentlich.

\*\*\*\*\*

„Ich kann nicht. Wir fahren weg."
„Ich komm nächsten Dienstag auch nicht, ich muss, ich darf, auf die Weihnachtsfeier der Daimler-Niederlassung, das ist enorm wichtig für mich."
„Wir sind zwischen den Jahren in Davos, da trifft sich die ganze Familie, wie jedes Jahr."
Fast jeder kam mit einem guten Grund, warum es die nächsten Wochen nicht möglich wäre, zum Seminar zu kommen.
Julia blieb lässig. „Ich hab sowas schon erwartet. Marietta hat auch bereits abgesagt, sie ist die nächsten Wochen in Berlin. Am besten stimmen wir ab, wann wir weitermachen."
Sigi hatte letztlich auch für eine Auszeit gestimmt. Ein paar ruhigere Tage ohne Verpflichtungen wären ihr nach all dem vorweihnachtlichem Trubel und den unausweichlichen Festivitäten, den Feiertagen einschließlich Jahreswechsel sicher willkommen.
„Gut. Also machen wir im Neuen Jahr weiter. Wir hängen die Abende hinten an. Aber eines ist unabdingbar: ihr schreibt die Seiten und macht den Künstlertreff. Und nochwas ist jetzt ganz wesentlich: eine Woche Leseentzug."
Unverständnis, Empörung, Ärger und Wut machten sich breit: kann nicht, geht nicht, wie stellst du dir das vor, bei meinem Beruf!
Julia saß mit unbeteiligtem Gesicht da.
Das Stimmengewirr verebbte.
„Eine Woche Leseentzug. Nicht heute mal und übermorgen mal, nein, sieben Tage hintereinander strikt durch!"
Peter musterte sie eisig: „Ich bin Notar. Meine Aufgabe ist es, Verträge zu lesen, laut zu verlesen!"
„Und wo ist das Problem?" Julia schaute ihn ganz ruhig an.
„Thema der Woche ist Integrität, Aufrichtigkeit zu sich selbst."
Peter senkte den Blick.

„Heißt das, wenn eine interne Anweisung vom Filialleiter kommt, die kann ich lesen, aber keine Krimis oder Zeitschriften?", brachte es Brigitte auf den Punkt.

„Bingo." Julia schaute auf die Uhr. „So, jetzt aber los mit dem Check-In. Überprüft bitte ganz besonders genau, hat sich was ereignet, das in den Bereich der Synchronizität fällt."

Nach der üblichen Viertelstunde ruhigen oder aufgeregten Schreibens räusperte sich Peter.

„Ich möchte etwas zu den Morgenseiten sagen."

Nochmaliges Räuspern. „Ein Schachpartner von mir hatte sich auf einen unglaublich raffinierten, doppelbödigen Knebelvertrag eingelassen, der scheinbar unanfechtbar war. Ich sah keine Möglichkeit, ihm da rauszuhelfen; und plötzlich, ich hatte mich beim Morgenseiten schreiben in einem Satz total verheddert, stand in dem unlogischen Wortgewirr die Lösung."

Er machte eine Pause. „Was habe ich davon zu halten?"

Julia lächelte. „Du. Was hältst du davon?"

„Ich weiß es nicht. Ich weiß es wirklich nicht."

Sigi grinste in sich hinein. Ein unwissender Nussknacker. Korrekt gekleidet am riesengroßen Mahagonischreibtisch, in ein kleines Schulheftchen ihm selbst unverständliche Wörter kritzelnd.

„Dein höheres Selbst hat die Führung übernommen."

„Oh Gott."

„Ja, wenn du so willst, Gott, oder deine Seele, oder welches Verb du bevorzugst."

Er schaute drein, als sei er plötzlich in esoterische Fruchtbarkeitsriten verwickelt.

Julia ignorierte ihn. „Wir haben alle diese höhere Instanz in uns, die hin und wieder ordnend eingreift."

Dann stellte sie die Verbindung zwischen der persönlichen Integrität und der Weisheit des höheren Selbst dar. Weiter suchte sie deutlich zu machen, wie die zwei unheiligen Schwestern namens Ego und Ratio den wirklichen Lösungen den Weg verstellen.

„Das Ego ist bequem. Da ist häufig schon ein Sekundärgewinn ausreichend zur Beschwichtigung, zum Beispiel ein Pelzmäntelchen für die Frau Gemahlin, wenn der Gatte aushäusig ertappt wurde. Ebenso die Ratio, die einen dazu verleitet, die Dinge nicht zu genau zu nehmen, weil man keine Schlüsse, ergo Konsequenzen, ziehen will, lieber Augen zu und durch. Nur so klappt es nicht. Wenn es einem ernst ist mit der Integrität, muss man wie das sprichwörtliche Rindvieh jedes Gras, das über was wachsen möchte, wegfressen. Hinschauen und nicht wegschauen!"

Julia schwieg.

Albrecht schaute zweifelnd in die Runde. „Das ist das genaue Gegenteil von dem, was man lebenslang eingetrichtert kriegt: die guten Manieren."

Keiner sagte was.

„Die Fabel von den Stachelschweinen, die sich stechen, wenn sie einander zu nahe kommen, und frieren, wenn sie zu viel Abstand halten. Die Balance zwischen Nähe und Distanz."

Julia schüttelte energisch den Kopf.

„Nein. Es geht nicht um die Beziehung zu den anderen. Es geht nur, ausschließlich um das eigene Ich, die eigene Integrität."

Sigi verfolgte die Diskussion mit einem Ohr, das andere lauschte nach innen. Wie hielt sie es mit sich?

„Was ist mit Kompromissen? Wenn man verheiratet ist, muss man ständig Kompromisse machen!" Lisa schaute Julia herausfordernd an.

Theresia mischte sich ein. „Ein Kompromiss ist nur dann einer, wenn du dich dabei nicht verbiegen musst. Sonst hat er dich übern Tisch gezogen und mit einem Trostpflaster abgespeist. Pass auf, sonst stehst irgendwann mit leeren Händen da und weißt nicht mehr, wer du bist!"

Lisa schüttelte den Kopf. „So ganz versteh ich das nicht."

Sigi hatte ebenfalls den Kopf geschüttelt – hatte sie irgendwas nicht richtig verstanden oder wovon redeten die?

„Das ist ein gutes Thema für die Seiten. Seid euren Gefühlen gegenüber ganz offen, ganz ehrlich, auch und gerade dann, wenn sie euch gegen den Strich gehen. Vergesst, was man euch über Gefühle eingetrichtert hat, es sind eure Gefühle." Julia schaute durch die Runde. „Lisa, das ist ganz wichtig." Sie wurde sehr eindringlich. „Lisa, du fühlst, wie du fühlst, ohne Zensur, und das ist okay."

Lisa schüttelte den Kopf, „ja, natürlich."

„Hier hab ich noch ein paar Seiten mit Aufgaben für euch, wer Zeit und Lust hat, macht sich darüber her." Julia teilte die Blätter aus. „Besonders das Ausräumen und Wegwerfen alter Sachen ist eine wirkungsvolle Methode. Raum und Platz schaffen für Neues, das das neue Selbstgefühl besser repräsentiert."

Raum und Platz schaffen – für die alten Möbel der Frau Oberstleutnantswitwe?

Hans-Erich hatte die Absicht, sich im nächsten Jahr sein Traumhaus zu realisieren. Und es womöglich vollzustopfen mit Lüsterweibchen und Zirbenholztruhen, Hirschgeweihen, Reservistenkrügen und allem, was sich in den letzten dreißig Jahren in Mamas Haus an alpenländischem Kulturgut angesammelt hatte. Sigi schüttelte sich. Sie sollte vielleicht doch die Schwiegermutter anrufen und ihr raten, den gesamten Hausrat einem Auktionshaus anzubieten. Ach ja. Auktionen. Irgendwie ging ihr ihre Arbeit, die Atmosphäre, die atemlose Stille und das Knistern, wenn sich zwei Interessenten um ein besonderes Stück schlugen, schon ab. Sie könnte nächste Wochen ihren Künstlertreff dazu nutzen, auf eine Auktion zu gehen. In München sind ständig irgendwo Versteigerungen, und noch wohnte sie nicht auf dem Land.

Hans-Erich träumte derzeit, animiert von der großzügigen mütterlichen, in Aussicht gestellten Geldspende, laut und ausführlich von einem kleinen Postkartendörfchen mit einer Kirche als Mittelpunkt, daneben das Wirtshaus, möglichst mit dem Schild „Zum Kirchenwirt", von Kühen auf der Weide und täglich einem fangfrischen Hühnerei, das er im Schatten eines alten Kirschbaumes von einer morgenmilden Sigi lieblich lächelnd serviert bekäme.

Natürlich wäre es angenehm, mehr Platz zu haben und einen Garten. Zu den Hunden zu sagen: wollt ihr raus? die Tür öffnen und die Hunde sausen raus. Und sie müsste nicht mehr dreimal täglich bei jedem Wetter um die Häuserblöcke kreisen!

Landleben.

Idylle oder Isolation?

Garten oder Gassi gehen?

Ein Ich wollte in der Stadt bleiben, das zweite einen Garten – das fühlte sie ganz genau.

Und welches von den beiden Ichs war nun ihr höheres Selbst?

*****

# Kapitel 10

## DAS PROBLEM:
## GEWÜNSCHT UND BEKOMMEN

Weihnachten ist da, die Schwiegermu oder ein boshaftes Grinskistchen ist schuld an der Bescherung. Hans-Erich kennt einen hungrigen Anlageberater. Sigi setzt ihm was vor, bis er alle Glocken läuten hört. Ob das im Neuen Jahr besser wird?

Der siebenundvierzigste Geburtstag und Weihnachten waren in Sichtweite.

Sigis Tage waren ausgefüllt mit Seitenschreiben, mit Haushaltspflichten, mit einigen unausweichlichen Weihnachtsfeiern, mit Gassi gehen.

Die Spaziergänge waren zeitraubend und nervenzerrend.

Baci stoppte alle paar Meter, hinterließ tröpfchenweise Botschaften an die Rüden, Bella versuchte, jede dieser Nachrichten mit ihrer Duftmarke zu übertrumpfen, was meist eher nicht auf Anhieb gelang und bei der sofortigen Kontrolle aufgedeckt wurde. Hinriechen, drüberpinkeln, nochmals schnuffeln, nochmals pieseln, bis die Blase leer war. Und dann wurde es richtig zwanghaft. Sigi musste die beiden mit vollem Körpereinsatz weiterzerren – oder auf halben Weg wohnen bleiben.

Paula hatte angerufen, über das Wetter geklagt. Stürme, Dauerregen, Langeweile und noch nicht mal Lust zum Malen. Sie würde wegfliegen über Weihnachten, keine Ahnung, wohin, am besten nach Australien. Ihre Tochter sei jetzt fest in Mailand engagiert, und hätte ohnehin keine Zeit für ihre alte Mutter.

Sie lachten beide. Sigi spürte ein leises Unbehagen hinter dem Lachen der Freundin.

Paula erzählte, die Mafia habe jetzt auch Sizilien erreicht, bei dem neuen Nachbarn, den sie für einen Bauern gehalten hatte, sei in den letzten Monaten dreimal eingebrochen und beim letzten Einbruch das gesamte Haus innen total verwüstet worden.

Der Nachbar?

Ja, ein ehemaliger Rechtsanwalt aus Rom. Marcella, die ihr im Haushalt hilft, naja, die ihren Haushalt mehr oder weniger übernommen hat, habe ihr erzählt, der Signore sei möglicherweise in eine Bauaffäre verwickelt gewesen, bei der es gröbere Ungereimtheiten gegeben haben soll. Ein gutaussehender Mann, aber irgendwie verrückt.

„Er schnitzt Masken und Fratzen in die Bäume und schaut dabei drein, als wollte er böse Geister aus seinem Inneren bannen."

Paulas Interesse an dem Mann war greifbar.

„Bäume, hab ich zu ihm gesagt, haben freundliche Gesichter, sind Freunde! Er hat mich nur gemustert, und dann ruhig weiter geschnitzt. Und neulich hab ich gesehen, dass er in die Eiche bei der Kreuzung mein Gesicht geschnitzt hat." Sie lachte. „Er hat mich ganz gut erfasst, ich seh ziemlich wild aus, wie eine zornige Sonne."

Ein allein lebender Verrückter mit dunkler Vergangenheit?

„Marcella sagt, ich sollte ihm besser aus dem Weg gehen. Und nicht so weit alleine herumstreifen, schon gar nicht ohne Frida. Irgendwas hat sich verändert hier. Nicht nur das Wetter."

Sigi lagen tausend Warnungen auf der Zunge, und zum Glück ganz vorne die, sich nicht einzumischen. Stattdessen bedankte sie sich für das Buch über die Entwicklungsgeschichte des Hundes, das sie vor einigen Wochen bereits erhalten und noch immer nicht gelesen hatte, erzählte von ihrem Workshop.

Paula ermutigte sie, dran zu bleiben, stellte zum Abschied eine Überraschung in Aussicht und erwähnte, dass sie mit dem Gedanken spiele, den Mietvertrag für ihr Haus, der zum Jahresende auslief, nicht mehr verlängern würde. „Vielleicht sollte ich zurückkehren in die Zivilisation und mein Haus wieder selbst beziehen, bevor es mir die Gastprofessoren der Technischen Universität noch ganz runterwohnen."

Sigis Herz machte fast einen Aussetzer. Das war das erste Mal, dass Paula einen Halbsatz darüber verlor, wieder nach München zu ziehen. „Ich werde mir das über Weihnachten überlegen."

Am Tag vor Sigis Geburtstag kam das Paket, eine Leinwandrolle, auf der aus einer Vase, die wie verwitterte, grobborkige Baumrinde aussah, ein Riesenstrauß stahlgrauer, bissiger Disteln, braver Lavendel und gelbrot flammende, vollerblühte Rosen ragten, deren intensiver Duft fast zu riechen war. Sigi war hingerissen, Hans-Erich äußerte sich eher zurückhaltend, brachte am nächsten Abend einen Strauß mit siebenundvierzig gelbroten Rosen, „leider waren weder Disteln noch Lavendel aufzutreiben", und führte sie zum angesagtesten Italiener in München zum Essen aus.

Die Feiertage verbrachten sie sehr ruhig, am Heiligen Abend war Mama da gewesen, ohne Begleitung, aber mit Limousinenservice. Das sei bequemer, so könne sie auch spät abends wieder heimfahren und es war für alle einfacher, kein umständliches Bettenmachen und sie hätte ihre gewohnte Umgebung, solange sie sie noch habe.

Hans-Erich nahm es kommentarlos zur Kenntnis und schaute dabei so drein, als subtrahierte er innerlich die Ausgabe von seinem zu erwartenden Erbe.

Sigi bekam eine Kamera geschenkt, zum Geburtstag, nachträglich. Sie war sehr verwundert.

„Renee sagt, du hast ein gutes Auge fürs Detail."

Sigi überlegte kurz, ob die Kamera ein altes Relikt aus der verkauften Ladenkette des Herrn Blumenlund war, schob aber den Gedanken schnell beiseite. Schäbigkeit passte weder zur Schwiegermutter noch zu Renee.

Die Bedienungsanleitung war ein dickes Buch, Renee hatte ein weiteres Buch dazugelegt. Sie blätterte vage durch. Technik, Technik, Technik. Ohgott. Sie würde die Kamera mitsamt Büchern auf den Speicher verbannen und hundert Jahre vergessen.

Spontan entschied sie, ab sofort den strikten Leseentzug einzuhalten und schob mit den Fingerspitzen die Bücher bis zur

Tischkante. Beim dritten Glas Rotwein spielte sie mit dem Apparat herum, sah auf das Display. Warum nicht. Konnte man ja unbegrenzt löschen, abfotografieren und wieder löschen, wie es beliebte.

Das Gesteck, das ihr sehr gut gelungen war, piep, piep, piiiep, die Hunde, piep, piep, die beiden Bs mochten das Geräusch, hielten die Köpfchen schief. Mama und Hans-Erich. Er schenkte ihr ein Glas Likör ein, sie erzählte, während sie ihre Brille putzte, von Mallorca, davon, dass sie mit dem Garmischer Auktionshaus vereinbart habe, dass man Mitte Januar alle Wertsachen abholen und versteigern und mit dem Rest einen Flohmarkt machen würde, dass bereits alles bestens organisiert sei. Sigi hielt die Gestik der Hände fest, kleine, braungebrannte Hände, die immer in Bewegung waren, etwas zupften oder knüllten.

Hans-Erichs Hände, die ruhig auf dem Tisch lagen, den sehnigen, breiten Handrücken mit den schlanken, langen Fingern. Hans-Erichs Mund, der nicht protestierte, obwohl er vor ein paar Tagen noch erwähnt hatte, dass er die alten Kupferkessel und Eisenpfannen für unwiederbringliche Zeugen seiner späteren Kindheit hielt und diese in eine Art Privatmuseum überführen wolle, oder vorher zwischenlagern, irgendwo, irgendwie.

Und nun? Keine wie auch immer geartete Reaktion auf die Ankündigung, dass der gesamte Hausrat ratzfatz verkloppt werden sollte? Sigi verbarg ihre Verblüffung hinter der konzentrierten Beschäftigung mit der Kamera. Piep, piep, piiiep. Doch, das Piep-Piep hatte was, es hörte sich anders an als die Fotoapparate, mit denen sie bisher fotografiert hatte.

Sie seufzte. Nein. Zu viel Technik, so eine Profikamera, das war eine Lebensaufgabe.

Die Mama lächelte sie an. „Sie gefällt dir?"

„Ich, doch, ja. Danke."

„Renee sagt, sie hat alle Möglichkeiten, die sogar einen Profi begeistern würden, und wenn du dich langsam ran tastest, werdet ihr vielleicht Gefallen aneinander finden."
Das könnte man auch über einen Menschen sagen.
Renee sagt.
Na, hoffentlich entwickelt der wenigstens keine Bestrebungen, die Schwiegermutter zu dominieren, eine schwierige, mühselige Ehe reicht für ein Leben.
Was für Gedankengänge!
Hans-Erich bot noch einen weiteren Likör an, seine Mutter lehnte ab. Sigi plädierte für ein weiteres Glas Rotwein, legte die Kamera weg.
Sie schaute nochmal auf die Hände der Schwiegermutter. Klein, irgendwie schutzbedürftig. Das war ihr in all den Jahren nie aufgefallen.
Die Mama stand auf. „Es ist gleich neun, der Chauffeur kommt um neun, ich möchte ihn nicht warten lassen."
Hans-Erich half ihr in den Mantel und brachte sie zum Wagen. Als er zurückkam, erwähnte er kurz, froh darüber zu sein, dass er vermutlich nie mehr den Hansi machen müsse.
Sigi ließ die kryptische Bemerkung einfach stehen, sie war nicht überrascht, nur noch erstaunt darüber, in welchem Tempo sich Wendungen einstellten. Grad so, als habe jemand „Abteilung kehrt – Schwenk – Marsch" gebrüllt.

*****

„Die Waage geht nicht."

Hans-Erich saß im Büro, grantige Falten auf der Stirn, er schaute nicht mal auf, sortierte Quittungen. „Ich weiß. Ich hab die Batterien raus, ich hab sie für den Bartschneider gebraucht."

Gewichtskontrolle erfolgreich außer Kraft gesetzt.

Das war eine neue Variante, eine, die Sigi noch nicht kannte.

„Und wann fangst mit der nächsten Diät an?"

Er blickte auf. „Am besten jetzt gleich. Ich setz mich auf Wasser und Papier und fress die ganzen Belege auf, dann bin ich den Krempel los!"

Seit er den Steuerberater gewechselt hatte, musste er alles vorsortieren.

Er fasste sie scharf ins Auge, eine Idee blitzte in seinem Kopf auf. „Sag einmal, könntest nicht du –"

„Nein", fiel sie ihm ins Wort, „könnte ich nicht!"

Das fehlte noch in ihrer Sammlung!

„Nicht so hastig", fuhr er fort, „sagen wir, auf Vierhundert-Euro-Basis, nur die Belege sortieren und buchen. Lass es dir durch den Kopf gehen, du hast das doch mal gelernt, hast zumindest eine Ahnung davon und der Surheimer drängt eh dauernd, dass ich mir jemanden such dafür."

Er machte es wohl zu schlampig.

Doch der Gedanke, die Vorstellung, wieder eigenes Geld zu verdienen, vierhundert Euro, und sie könnte das zu Hause machen – ?

„Wie soll das gehen, ich hab Buchführung noch zu Fuß gelernt, und keine Ahnung, wie man das elektronisch erfasst."

„Da mach dir keine Gedanken, das zeig ich dir schon. Also?"

Wieder hinter ihm herräumen, statt Socken und Handtücher zur Abwechslung Belege zusammenfangen? Allerdings für Geld – und nie mehr sagen zu müssen: ich bin Hausfrau, sondern sagen zu können: ich mach unsere Buchführung?

„Gut. Ich werde es machen."
Er strahlte, sprang auf, bot ihr den Platz hinter dem Schreibtisch an. „Bitte sehr, kannst gleich anfangen."
Sie schüttelte das Haupt. „Ne. Im Neuen Jahr. Und erklären lass ich mir das alles vom Steuerberater."
Missmutig setzte er sich wieder, drehte sich auf dem Bürostuhl hin und her. „Glaubst, ich kann das nicht? Und der Surheimer verlangt was dafür! Es wäre doch – „
Sigi blieb hart. „Wäre es nicht. Wir kriegen uns bloß wieder in die Haare. Und außerdem bin ich mit dem Vorbereiten noch nicht fertig."
Sie erwarteten Schorsch und Gerda zum Abendessen, zum Silvesterfeiern.
Schorsch war Banker, kannte sich in den verschiedensten Anlageformen aus, auch am Immobilienmarkt war er angeblich firm, sein Lieblingsthema war Geld, und das war momentan auch Hans-Erichs Lieblingsthema. Er erhoffte sich wohl goldene Tipps, wie er sein Geld rasch und risikolos vervielfachen könnte.
Sigis Zutrauen in Schorschs Fähigkeiten war hingegen eher Richtung Null, sie hatte das großartig angepriesene „Lorenz, das Standartwerk in Sachen Hund", das man ihr anlässlich der ersten Hundebesichtigung überreicht hatte, noch nicht abgehakt.
Sie kontrollierte noch einmal alles durch: die Tafel war bordeauxrot-weiß gedeckt, in der Mitte prangte ein Gesteck mit einem Weihnachtsstern, blühenden Barbarazweigen und Stechpalmen. Zufrieden betrachtete sie ihr Werk, ging in die Küche.
Der Frisée war gewaschen, die Champignons mariniert, die Consommé double fertig, der Eierstich im Backrohr.
Sie schälte die Williamsbirnen, beträufelte sie mit Zitronensaft, hobelte Kartoffeln in dünne Scheiben, schichtete sie

abwechselnd mit geraspeltem Greyerzer in die Gratinform, deckte mit Alufolie ab.

„Fertig!" Hans-Erich stand in der Küchentür.

„Ich nicht. Kannst du mit den Hunden? Und lass sie ja nicht von der Leine, wegen der Kracher!"

Er konnte.

Rasch wusch sie die Kirschtomaten, schnitt den Speck in kleine Würfel und gab sie in ein Pfännchen. Fertig.

Aufatmend ging sie unter die Dusche, noch unentschieden, ob sie den bordeauxroten Wildseidenrock oder die dunkelblaue Samthose zur weiten weißen Bauernbluse anziehen sollte.

Beim Zähneputzen hörte sie die Rückkehr ihres Dreigestirns, Hans-Erich stieß die Badezimmertür auf, griff an die Handtuchstange.

Sigi schrie, den Mund voll Schaum, nicht klar ausformulierte grrrs, grrruuus, spuckte ins Waschbecken und schob den zutiefst unschuldig blickenden Mann mit links Richtung Flurschrank, „da, da, da!"

„Noch so eine Zeile und wir haben den nächsten Faschingshit!"

Sie drehte ab, wuschte die Badtür hinter sich zu, musste lachen und verschluckte eine Ladung Zahnpasta-Spucke-Gemisch, was ihr gar nicht schmeckte und ihre Laune wieder umschlagen ließ. Er lernt das nie, dieser Ignorant! Diese Achtlosigkeit! Sie würde ihn am liebsten schütteln und anschreien, bis ihr die Luft ausginge! Oder ihm! Lange und geräuschvoll atmete sie aus.

Im Neuen Jahr würde sie –?

Würde sie gar nichts! Und sich vor allem jetzt nicht ärgern. Logisch denken. Jedes Handtuch, mit dem ein Hund abgetrocknet worden ist, ist und bleibt ein Hundehandtuch, basta.

Und wenn es so weiterging, hatten sie bald nur noch Hundehandtücher, okay.

Zum Glück hatten manche Geschäfte so viele Handtücher, dass sie sogar welche verkauften. Und sie würde kaufen!
Sie betrachtete sich zufrieden im Spiegel.
Ja, mein Lieber, im kommenden Jahr werden wir viele schöne neue Handtücher erstehen, eine maßgeschneiderte Geldanlage für einen achtlosen Ignoranten!
Es klingelte.
Die Hunde tobten, und Sigi lief ins Schlafzimmer. Doch die dunkelblaue Hose.
Sie hörte das Begrüßungstohuwabohu, hängte den breiten Gürtel zurück in den Schrank, schlang sich statt dessen das großgeblumte Seidentuch von Ungaro zusammengerafft um die Taille. Lässig. Gefiel ihr gut.
Das Essen war ein voller Erfolg.
Der kleine Salat, das feine Süppchen, die zart rosa gebratene Entenbrust, die Kruste des Kartoffelgratins knusprig braun, die Rotweinbirnen pfeffrig süß.
Schorsch lobte überschwänglich: „So gut, dass ich mich reinlegen und wälzen möchte."
Gerda seufzte ein ums andere Mal: „Du hast es gut, du hast die Zeit dazu, ich habe einfach nicht die Zeit, so aufwändig zu kochen!"
Hans-Erich sah betont zu ihr her, als habe er ihr das Geschenk von unbegrenzter Zeit soeben überreicht: hier, nimm! Alle Zeit der Welt für dich, damit du was Schönes machen kannst – am besten was für mich!
Weiß Gott, ja, sie hatte es gut. Und gut gekochtes Essen hat nur mit viel Zeit haben zu tun, was sonst.
Sigi spülte den kleinen Anflug von Sarkasmus mit einem unordentlich großen Schluck vom achtundsiebziger Saint Emilion hinunter, der Wein schmeckte, anders als sonst, tannig und hantig im Abgang.

Gerda half, die Teller abzuräumen, die Hunde sausten vor ihnen her in die Küche. Während Gerda das Geschirr in die Spülmaschine räumte, brach Sigi ihre festzementierte Regel: die Hunde kriegen erst ganz zum Schluss einen Happen. Sie schnitt drei dicke Stücke vom Brie ab – das dritte hielt sie Gerda hin: „Da, ein kleines Trostpflaster, damit du nicht so drunter leiden musst, dass du keine Zeit zum Kochen hast!"
„Ach Gott, im Grund genommen leide ich gar nicht so darunter. Mir passts eigentlich ganz gut so wie es ist. Der ganze öde Haushaltskram, ich bin froh, dass wir die Anni haben!"
„Nein, sowas! Hätt ich mir jetzt nicht gedacht", Sigi verkniff sich das Grinsen.
Sie brachte die zweistöckige Käseglocke ins Wohnzimmer, Gerda folgte mit Butter und Brot.
Schorsch erzählte, wie günstig er den Diamantanhänger ergattert hatte, den er seiner Frau zu Weihnachten geschenkt hatte, und, nachdem sie schon beim Thema Finanzen waren, fragte Hans-Erich nach dem Stand der derzeitigen Immobilienpreise.
„Ganz toll! Hypozins unten. Wenn der Käufer günstig finanzieren kann, ist er gern bereit, Spitzenpreise zu zahlen, weil er glaubt, er spart sich was beim Abzahlen."
„Ich möchte nicht verkaufen, eher am Land draußen kaufen."
„Auch gut. Gibt keine bessere Anlage als Grund und Boden, nicht ganz billig jetzt, aber bombensicher."
Hans-Erich schilderte kurz seine Visionen von ländlicher Beschaulichkeit, oder, wie Sigi es bei sich nannte: seiner dörflichen Misthaufenidylle. Gerda bedachte sie mit mitleidigen Blicken und sie spürte, wie ihre Leber der Galle einen Tritt nach dem anderen versetzte oder umgekehrt, bis Schorsch erregt rief: „Moment! Kaufen ja, aber erstens möglichst nicht mit eigenem Geld und schon gar nicht zur Selbstnutzung! Das bringt keine Rendite und ist steuerlich uninteressant!"

In Sigis Bauch breitete sich hoffnungsfrohe Wärme aus. Klang sehr logisch, was der kluge Schorsch da sagte.

„Und Gewerbe?"

„Kommt auf den Standort an, Lage ist alles! Nur Spitzenlagen bringen Rendite, zweite Reihe – da kannst es besser gleich unters Kopfkissen tun. Oder auf die Bank bringen, haha!"

„Sehr witzig. Und was ist jetzt dein Rat? Was tätest du an meiner Stelle?"

„Meine Frau fragen!"

Gerdas Hals ruckelte geschmeichelt um ein zwei Zentimeter aus der Trachtenbluse raus; Sigi grinste in sich hinein, weil sie genau wusste, dass Schorsch alle Entscheidungen selbstherrlich allein traf.

„Wie?? – Okay! – Gerda, was würdest du an meiner Stelle tun?"

Hans-Erich warf sich eine blaue Traube in den Mund.

„Ich? Nein, ich glaube, der Schorsch meint..."

Sie platzten raus, lachten, bis ihnen die Tränen in den Augen standen, bis Gerda mitlachte, bis Sigi husten musste, bis Hans-Erich die Trauben auf den Boden warf statt in den Mund.

Sigi sammelte die Trauben vom Teppichboden – Trauben sind für Hunde unverträglich – und holte die großen Schwenker aus dem Wohnzimmerschrank. „Wie wärs mit einem feinen Armagnac zum Abschluss?"

Schorsch und Gerda hatten einen dreißigjährigen Armagnac und eine neue CD von Fred Fesl mitgebracht.

„Wer mag einen Mocca?"

Veto! Geht nicht!

Nur klares, kaltes Leitungswasser brächte den feinen Geschmack vollendet zum Tragen, war Schorschs Meinung, der sich alle zögernd anschlossen.

Hans-Erich stand auf, begann den Tisch abzuräumen, Gerda half mit.

Schorsch stopfte sich ein Pfeifchen. Scharfer, auf der Zunge brennender Pfeifentabak, Sigi hatte Zweifel, dass diese Kombination ein besseres Geschmackserlebnis darstellte als ein Brandy mit Mocca. Sie legte die CD ein und alle amüsierten sich, hatten Spaß mit dem mal hintersinnigen, mal etwas derberen Humor des bajuvarischsten aller bayrischen Barden.

Gegen dreiviertel zwölf schob sie die mittig durchgeschnittenen, mit Knoblauchbutter bestrichenen Scampi unter den Grill, stellte Teller, Zitronen und Baguette auf den Tisch, die ersten Silvesterraketen zischten in den leider wolkenlosen Nachthimmel.

Baci war unruhig, folgte Sigi auf Schritt und Tritt, verfolgte sie sogar in die Toilette, winselte andauernd.

Bella kapierte rasch, dass Baci durch ihr Verhalten die Aufmerksamkeit und Zuwendung der Zweibeiner auf sich zog, imitierte deren Verhalten, bellte, jammerte, tapste hoch.

Jeder weitere Kracher, der zu hören war, steigerte das Klammerbedürfnis.

Schorsch riet zu einem doppelten Schnaps, Hans-Erich suchte in allen Schubladen nach Beruhigungstabletten, obwohl er wusste, dass keine da waren, weil weder er noch Sigi welche nahmen, alle redeten gleichzeitig beschwichtigend auf die Hunde ein.

Gerda machte den Fernseher an, sie wollte den Donauwalzer und die Bummering um Zwölf auf keinen Fall verpassen.

Die Scampi!

Sigi schoss in die Küche, die Hunde hinterdrein, Gerda folgte, in der Handtasche wühlend. „Ich hab Notfalltropfen dabei, die geben wir ihnen, vielleicht helfen die", sie streckte Sigi ein kleines braunes Fläschchen entgegen. „Rescue Remedy", las Sigi laut, „und was ist das?"

„Notfalltropfen, die helfen bei jeder Aufregung. Ich nehm die auch immer, wenn irgendwas ist. Mit Wasser", Gerda schüttete

ein paar Tropfen in den Wassernapf, rührte mit einem Finger um. „Komm, Baci, Bella, feines Wasserchen!"
Die beiden Bs schauten kurz interessiert zu, Bella beroch den Napfrand, Baci klammerte sich mit den Vorderpfoten winselnd an Sigis rechtes Bein.
„Die saufen net." Gerda ging neben dem Wassernapf in die Hocke, lockte weiter: „Baci, Bella, kommt, ganz feines Wasserchen!"
Sigi lud die Scampi vom heißen Blech auf die Platte: „Kann man die Tropfen auch auf Leberwurst geben?"
„Nein, die brauchen Wasser als Trägersubstanz. Herrgott, sind die stur! Vielleicht gehts mit einem Löffel."
Gerda rappelte sich hoch, Sigi brachte, zwei Hunde an ihren Hacken hängend, den Imbiss ins Wohnzimmer.
Der Champagner perlte bereits in den Kelchen.
„Hans-Erich, hilf mir mal, die wollen nicht saufen." Gerda stand da mit Napf und Löffel.
Schorsch grunzte: „Kein Wunder! Wasser an Silvester!"
Hans-Erich blickte verständnissinnig auf die Szenerie, Sigi packte einen Hund, hielt ihn fest und Gerda löffelte Trägersubstanzien in Bacis Gesicht, die gleichzeitig leckte und sich wehrte.
Bella hatte sich blitzschnell verkrümmelt.
Die Bummering bummerte feierlich, Hans-Erich rief empört: „Lassts doch den armen Hund in Ruh!" Schorsch rief: „Prost Neujahr", vor den Fenstern knallte und zischte es, Gerda löffelte weiter „Prost Neujahr", der Donauwalzer wellte durchs Zimmer, Sigi fing zu lachen an und ließ den armen Hund aus, der sich prompt ins hinterste Eck flüchtete.
Lachend setzten sich Sigi und Gerda auf den Boden, Gerda verschüttete die restlichen Trägersubstanzien, Schorsch brachte die Sektgläser, setzte sich zu ihnen auf den Boden, lachte mit und prostete und küsste seine Frau, alles fast gleichzeitig.

Hans-Erich saß mit Bella auf dem Schoß am Tisch, blickte verständnislos auf das Geschehen: „Soll ich euch die Scampi auf den Boden stellen?"

Er löste eine weitere Lachwoge aus.

Draußen krachte und knallte es, der Fernseher schmetterte, Schorsch und Gerda halfen sich gackernd gegenseitig auf die Beine, Sigi stand ebenfalls auf, schaute nach Baci und wurde Zeuge eines kleinen Wunders: das Fellbündel, das sich vor ein paar Minuten noch mit acht bis zehn Pfoten gewehrt hatte, lag jetzt ganz entspannt, die Zungenspitze zwischen den Zähnchen sichtbar, an die Couch gekuschelt und schnarchte leise.

„Also, sowas, unglaublich! Was sind denn das für Tropfen? Ist da ein Betäubungsmittel drin?"

„I wo! Bachblüten. Die wirken so. Da wird man ganz ruhig. Schau, wie selig die jetzt ausschaut! Ich glaub, ich werde mir heuer wieder einen Hund anschaffen. Die Gusti ist jetzt seit drei Jahr tot und ich möchte gern wieder so einen Wuschel haben."

„Nur über meine Leiche!" Schorsch protestierte.

„Okay. Sind die Beiträge für die Lebensversicherung bezahlt?" Gerda parierte.

Während sie die lauwarmen Scampi mit reichlich Roederer Cristall verputzten, erzählte Gerda über die Wohltat der Bachschen Blüten fürs Gemüt.

„Bei mir wirken die nicht!" warf Schorsch ein.

„Du hast ja auch keine Seele", patzte ihm Gerda hin.

„Stimmt. Die hast ja du – dein ist mein ganzes Herz –," sang er, mit dem Sektkelch Achter in die Luft zeichnend.

Hans-Erich fiel ein, dass er seine Frau noch nicht geküsst hatte, holte dies ausgiebig nach. „Du schmeckst nach Zigaretten."

„Und du nach Knoblauch."

„Dann muss das wohl Liebe sein."

In dieser redselig heiteren Stimmung klang der Abend gegen zwei Uhr früh aus.

Der Neujahrstag wartete mit milder Sonne und einem weißblau bezogenen Himmel auf, der aussah, als habe er bereits verziehen, die vergangene Nacht millionenfach beschossen worden zu sein.
Nicht ganz so versöhnlich war der Vormittag zwischen Sigi und Hans-Erich verlaufen.
Sie hatten lange ausgeschlafen, es war bereits halb zehn, als Bella die ersten leisen Kläffer losließ.
Hans-Erich wusste, dass es keinen Sinn haben würde, sich den Vorstellungen seiner beiden Bs zu widersetzen, also zog er nach einem Steh-Kaffee und knapper Katzenwäsche mit ihnen los.
Sigi machte es sich mit Block und Stift im Bett gemütlich.
Beim Zurückkommen brachte Hans-Erich einen herzförmigen grauen Stein mit weißer Maserung mit, den er ihr auf den Nachttisch legte.
„Der ist schön. Wo hast denn den gefunden? Am Bahndamm?"
Während er Jacke und Schuhe verstaute, begann er zu erzählen. „Ne. In Eching. – Ich hab ihn gestern im Auto gelassen, weil ich in Ruhe mit dir darüber reden wollte. – Am Geburtstag vom Wastl hat mir doch der Lois gesagt, dass die Echinger Gemeinde ein neues Gewerbegebiet ausgewiesen hat, ganz in der Nähe von unserem Geschäft. Zuschlag gegen Gebot, gestern war Einreichungsschluss. Ich hab ein Gebot abgegeben. Und wie ich anschließend über das Grundstück gelaufen bin, da hab ich den Stein gefunden." Ganz lässig hing er im Türrahmen, lächelte sie an.
Sigi wog den Stein in der Hand: „Wieso hast dann gestern nichts davon gesagt? Und beim Schorsch so getan, als wenn du aufs Land ziehen willst?"

„Das will ich ja auch. Hör zu, ganz einfach: wir bauen ein Stockwerk höher, eine Betriebsleiterwohnung ist in jedem Gewerbegebiet zugelassen. Passt doch alles wunderbar."
„Ne, ne. Nein mein Lieber. Passt auf gar keinen Fall!"
Mit einem Mal war Sigi klar: Landleben kommt nicht in Frage. Sie will hierbleiben, hier, in dieser Wohnung. In dieser Umgebung. In dieser Stadt. „Ich will nicht aufs Land, und ich will nicht überm Geschäft wohnen, auf gar keinen Fall!"
„Jetzt auf einmal. Jetzt, wo wir die Ideallösung auf dem Silbertablett serviert bekommen, jetzt plötzlich bist du dagegen. Und vorher, da hast du nie etwas gesagt!" Hans-Erich war sehr wütend in seinem Büro verschwunden.
Sigi fütterte die Hunde und schrieb ihre Morgenseiten fertig. Beim Schreiben wurde ihr plötzlich klar, dass man Entscheidungen nicht immer nur hinausschieben kann. Wenn sie sich nicht entscheiden konnte, entschied er für sie beide. Sie hatte keinen Grund, sich übergangen zu fühlen. Er hatte das getan, was getan werden musste. Er hatte eine Entscheidung gefällt. Dennoch. Er hätte mit ihr darüber reden müssen.
Während sie das Wohnzimmer aufräumte, holte er sich etwas zum Essen aus der Küche, verzog sich wortlos wieder ins Büro. Als sie anschließend den Herd säuberte, die letzten Kampfspuren vom Silvestermenü beseitigte, brachte er seinen Teller zurück in die Küche. Räusperte sich. Mehrfach. „Eigentlich hast du Recht. Eigentlich will ich auch nicht überm Geschäft wohnen. Da hat man gar keinen Feierabend mehr. Es hat sich nur so praktisch angehört. Aber nachdem ich drüber nachdenkt hab – genaugenommen will ich auch nicht weg von hier."
„Ich auch nicht. Ich mag unsere Wohnung und alles das, rundherum," Sigi machte eine Armbewegung, die die Küche, die Wohnanlage, das ganze Stadtviertel mit einschloss, und ihn wohl auch bereits wieder ein wenig, „aber ein Gewerbegrund, nur fürs Geschäft, damit kann ich leben."

„Wenn wir den Zuschlag kriegen, was ja nicht sicher ist, obwohl mir der Lois schon eine ungefähre Größenordnung angedeutet hat. In zwei Wochen wissen wir mehr."
Natürlich. Der Stammtisch mit seinen vielfältigen Funktionen. Auch ein Grund, in der Stadt wohnen zu bleiben.
„Na prima. Was hältst davon, wenn ich uns eine Steppdecke back?"
Was für eine Frage! Er übernahm sogar das Zusammenrühren der Zutaten für die Topfencreme, die nach dem Backen gitterförmig zwischen den einzelnen kleinen Teigkissen aufgespritzt wird.
Als Sigi das Blech in den Ofen schob, war ihr Dreigestirn bereits zum zweiten Gassi des Tages unterwegs. Sie ging ins Wohnzimmer, schaute auf die winterliche Terrasse hinaus. Und nahm die Stille der Wohnung wahr. Es roch nach Orangen- und Zitronenabrieb, nach Butter und Vanille.
Bald würde sie den Lift hören, die kleine Rauferei vor der Tür, seine Stimme: jetzt seids doch net so wild, ihr Hexen!, die zwei Bs würden hereinfegen und Bella „mit Nase" gewonnen haben. Und dahinter: Hans-Erich.
Am Futterhäuschen auf der Terrasse zankten und jagten sich drei Spatzen spielerisch, eine Blaumeise saß auf dem Korkenzieherhasel, eine andere hing seitlich auf dem Meisenknödel, pickte eifrig und warf eine Menge Mist auf den Boden. Der Himmel sah jetzt nach Schnee aus, doch irgendwie auch schon nach Frühling.

# Ein dickes DANKE

geht an meine Schwester Hetty Sigl für das unermüdliche Lesen und Loben,

an Monika Pichler & Katalin Jesch & Elisabeth Wukits von wort.kraft.stoff (www.wort.kraft.stoff.at) für die wiederholte Ermutigung,

und an Brigitte Oberndorfer (www.brigitteoberndorfer.at) für das kongeniale Coverbild,

und an Julia Cameron und ihre hilfreichen Anregungen im Buch „Der Weg des Künstlers" (erschienen 1996 in der Droemerschen Verlagsanstalt, ISBN 3-426-86101-X).